# サークル　猟奇犯罪捜査官・厚田巖夫

内藤 了

角川ホラー文庫
21123

目次

【主な登場人物】

厚田《あつた》巌夫《いわお》　警視庁玉川警察署の駆け出し刑事。
厚田（旧姓石上《いしがみ》）妙子《たえこ》　東大法医学部死因究明室の検死官助手。厚田の妻。
両角《もろずみ》教授　東大法医学部死因究明室の教授。
ジョージ・C・ツェルニーン　法医昆虫学者。妙子の元恋人。
照内《てるうち》五郎《ごろう》　厚田が以前勤務していた警視庁西荒井署のベテラン刑事。
西嶋《にしじま》良雄《よしお》　厚田のバディの刑事。通称クラさん。

# プロローグ

虫、虫、虫、虫……

その日のことを、厚田巌夫《あつたいわお》は今も夢に見る。夢は必ずモノクロで、しつこいノイズが付いてくる。床に落ちて飛ぶこともできずに旋回する蠅や、腐敗汁に潜り込む蛆虫《うじむし》の音が、ブンブン、ぴちぴちと全身を撫《な》でる。

ベニヤ板でサッシ窓を塞《ふさ》がれた暗い部屋には、板の隙間を抜けた明かりが細長く筋になって差し込んでいる。中央に天蓋《てんがい》付きベッドがひとつあり、天蓋のレースに光が当たって内部の様子を斑《まだら》に照らす。枕に散った赤いバラ、白っぽい髪に絡みつくヒラタシデムシ、乾涸《ひか》らびた顔面を、穴から穴へ出入りするムカデなど。

チュ、キュキュ、チュ、キュキュ、ノイズの合間に混じるのは、なんと甲虫《こうちゅう》の鳴き声だ。

夢の中で、厚田は何度も戦慄《せんりつ》する。とんでもないものを見つけてしまったという落胆と、それが彼女に与える衝撃の恐ろしさ。

先生、外に出ていて下さい。

厚田は石上妙子《いしがみたえこ》に言うが、妙子は唇を引き結んだままで動こうとしない。

見ちゃいけません。見ない方がいいです。

忠告は妙子を通り過ぎ、返事をするのは虫だけだ。

先生、お願いしますから。

もう一度頼むと、光が差して虫が降り、屍骸《しがい》は静かに起き上がる。

そんな姿になってもまだ生きていたのかと厚田は思い、警察か、救急車か、どちらを呼ぶべきか思案する。そして冷静にこう思う。救急車を呼んだとしても、さすがにこれでは助かるまい。屍骸はすでに虫の巣窟《そうくつ》と化し、死体現象が進んでいるのだ。厚田を睨《にら》む眼球は白く、口からムカデが湧き出している。

「うはぁっ」

叫んだ気がして目がさめた。室内はまだ暗く、夢の中で見たままに、カーテンの隙間を洩《も》れた月明かりが、細い筋になって厚田の顔に当たっていた。

「ううん……」

と、かすかな声を上げ、隣で妙子が寝返りを打つ。

厚田は低くため息を吐いて、目を閉じた。

なんてこった……。

バクバクと躍る心臓の音が妙子を起こすのではないかと心配になり、そっと寝床を抜け出していく。

家具屋でベッドを探していたとき、たまたまもとの上司の照内《てるうち》と会って、『狭い官舎にダブルベッドが必要なのか』と笑われた。官舎といっても、独身寮とさして変わらん狭さじゃないかと。

それでも日増しにお腹が大きくなっていく妙子を見ると、腰への負担が少なくて、互いに体を接することなく眠れる広いベッドは必要だった。

トイレを済ませ、台所で水を飲んでから、片手でゆっくり目頭を揉《も》む。

シンクの脇には茶碗《ちゃわん》と湯飲み、揃いの皿が伏せてある。始まったばかりの新婚生活はママゴトのようで実感がなく、自分の隣で妙子が眠っていることすらも、まだしっくりきていない。

厚田巌夫は警視庁玉川《たまがわ》警察署に異動したばかりの新米刑事だ。法医学者を目指す石上妙子にプロポーズしたのは約三ヶ月前。二人の出会いは少女連続殺人事件で、妙子が作成した死体検案書に厚田が興味を持ったのがきっかけだった。

当時、厚田は西荒井《にしあらい》署で照内の指導を受けていた。駆け出し刑事の身で初めて関わった大きな事件。その司法解剖の現場にいたのが大学院生の石上妙子だったのだ。

彼女は東京大学で法医学研究室の両角《もろずみ》教授に師事しており、女だてらに法医学者を目指す変わり者、傲慢不遜《ごうまんふそん》で可愛げがなく、切れ者だが喰《く》えない女と噂されていた。実際に会ってみると、すっぴんにメガネを掛けて、愛想笑いのひとつもなく、せかせかといつも忙《せわ》しなく、単刀直入にものを言い、不機嫌で遠慮がなく、噂どおりに可愛げのない女だとわかった。

けれど探究心は人一倍あり、努力を惜しまず、嘘を吐かず、誠意があって、正直だった。切りっぱなしのボブカットと、着た切り雀の白衣姿に魅力を見いだす術《すべ》はなかったが、ただひとつ、サンダルではなくハイヒールを履いた足は素晴らしかった。（ほとんどの研究者が学内でサンダルを愛用するなか、妙子だけがハイヒールを履いていたのだ。）いや、細い腰も、艶《つや》やかな髪も、心の奥を見透かすような鋭い瞳《ひとみ》も、いつも本音で接してくると信じさせる人柄も、なぜか厚田を安心させた。

カチ、コチ、カチ……と、柱時計が秒針を刻む。

厚田は水を飲んだコップを丁寧に洗ってカゴにふせ、凝りをほぐすように首を回した。それから煙草を一本点《つ》けて、暗いリビングで根本まで吸った。

一度ベッドを出た後は、こうでもしないと理性が保《も》たない。なぜなら厚田は健康で健全に発育した若い男だったからだ。

入籍はしたものの、二人にはまだ体の接触がない。プロポーズしたとき妙子はすでに妊娠六ヶ月を迎えていたし、厚田はそれを承知で彼女と子供を守って行くと決めたのだ。お腹の子の父親が悪夢に見るほどの殺人を犯した本人であるのも承知の上で。

華奢《きやしや》で痩《や》せ形の妙子のお腹は今や異様なほどに膨らんでいる。そのせいでうつ伏せになれないので、出産を終えたら思い切り俯《うつぶ》したいと彼女は言う。ヘビースモーカーだったのにあっさり煙草をやめてしまい、好きだったコーヒーの代わりに麦茶や牛乳を飲んでいる。女という生き物は、生まれながらに母性をインプットされているのかと厚田は驚き、まだ見ぬ妻の体が刻一刻と変化していく様も、それを彼女が甘んじて受け入れていることにも神秘を感じる。

――なんて言ったの？――

いぶかるように、自分の耳を疑うように、妙子が振り向いた瞬間を、厚田は何度でも思い出せる。瞳に戸惑いの色が浮かんで、言葉そのままの表情をしていた。

――俺と結婚して下さいって。どうして何度も言わせるんです？――

それなのに、そのあとなにがどうなって、二人が一緒になれたのか、厚田にはこれといった記憶がない。

世間は異常な好景気に浮かれているが、厚田は指輪さえ用意しなかった。二人がもともとステディな関係ではなかったせいもあるのだが、指輪が彼女に与えたトラウマを理解していたからでもある。

妙子はあの男に指輪を見せられて、求婚されたらしいのだ。

あまりにも高価な品だったので、やんわり受け取りを拒否したら、後にその指輪が遺骸《いがい》の指に嵌《は》められているのを見る羽目になった。厚田が夢に見るあの遺骸、半ば虫に食い尽くされた女の指に。

女は犯人の母親で、イギリスから彼を追ってきて、殺された。母親の名前はヒルデガード。息子はジョージ。件《くだん》の指輪は名門ツェルニーン家に伝わる家宝だというが、あのとき指輪を受け取らなくてよかったと、彼女はしみじみ呟《つぶや》いていた。

妙子という女は、もともと宝飾品なんぞに信仰を持たないタイプである。たとえば厚田がなけなしの給料をはたいて指輪を購入したとして、妙子はきっとこう言うはずだ。

検死官に指輪はいらない。不衛生だし、邪魔になるだけ。

でもいつか、いつになるかはわからないけれど、厚田は妙子の細長い指に自分の印を嵌めさせてみたいとも思っていた。

——はっ——

記憶の中で妙子が嗤《わら》う。心から呆《あき》れたように、首を竦《すく》めて。

——自分が何を言ってるか、わかってるの？　あたしを見て、このお腹を。サー・ジョージの子供を宿した女にプロポーズ？　馬鹿げてる——

——ところが俺は、そう思っちゃいないんで——

食い下がる自分の姿を思い起こすと、気恥ずかしい。さぞかし滑稽《こっけい》な顔をしていただろう。滑稽で、懸命で、必死だった。もちろんだ。

——先生独りで、これからどうしようっていうんです。法医学者を諦《あきら》めるんですか。生活だって……いや、そうじゃない。そうじゃないんだ、そうじゃなくって——

俺は先生が好きなんですよ。惚《ほ》れちまったと言ってもいい。正直に言います。

「好きなんです」

馬鹿か。と、厚田は自分に吐き捨て、揉み消した煙草をまたシンクに押しつけた。

正直いってあの時は、前後の見境もつかなくなっていたように思う。殺人者の子供を宿した検死官。恋人の罪を暴いて子供の父親を逮捕させた石上妙子。

彼女は重すぎる現実をたった独りで背負おうとしていた。だから彼女を救いたかった。いや、そうじゃない、そうじゃない、そんなおこがましいことじゃなく……自分は先生が好きなんだ。先生が背負うことになった未来を一緒に支えたくなったのだ。

——俺に難しいことはわからねえんだが、生まれてくる子供がさ、青い目だってこともあるんだろ？　そうなった場合でも、お前が父ちゃんになれるのか——

あ？　どうなんだ。と、照内は訊《き》いた。刑事畑にいる者が持つ、特有の、厭《いや》な目で。

——それでお前は耐えられるのか？　男ってのはな、決して潔《いさぎよ》かぁねえし、女以上にネチネチしているもんなんだ。世間じゃねえぞ、俺が訊いてんのはお前のことだよ。一時の激情で結婚してもな、続くのかって訊いてんだ——

即答はできなかった。けれど心は決まっていた。覚悟があれば乗り越えてゆけると信じていたし、実際、妙子はここにいる。

火の始末をして寝室へ戻ると、蒼《あお》い月明かりの中で、妙子はぐっすり眠っていた。お腹が大きすぎるから、最近はずっと横向きだ。無防備な顔を見られるのを嫌ってか、こちらに背中を向けている。

厚田はベッドの縁に腰掛けてから、そっと布団に潜った。シーツと毛布は温かく、静かに妙子の呼吸がしている。手を伸ばせば触れられるほど、すぐそばで。

彼女は悪夢を見ないのだろうか。あのおぞましい殺人現場のあれこれを、どんなふうに自分に納得させているのか。それとも俺には言わないだけで、今も激しく苦しみ続けているのだろうか。

自分の女々しさに折り合いをつけようともがくとき、厚田は必ず考える。妙子のほうはどうだろうと。すべてを許した相手が狂気を隠していたと知ったとき、彼を愛した自分について、どう折り合いをつけたのだろうと。

苦しいはずだ。辛《つら》いはずだ。赤ん坊はこれから生まれてくるのだし、もちろん俺には似ていない。それでも彼女は何をどんなふうに納得させて、俺のところへ来てくれたのか。

――俺が訊いてんのはお前のことだよ……耐えられるのか？――

照内の言葉が頭に響く。厚田は毛布を引き上げて、煙草臭い息を枕に吐いた。固く目を瞑《つぶ》って眠ろうと努力していると、頭の後ろで妙子の寝息が、

――胎教によくないから忘れたのよ、全部ね、全部――

と、繰り返しているような気持ちがした。

# 第一章　警察官一家惨殺事件

三月。互いに忙しいなかようやく休みをやり繰りして、厚田は妙子と買い物に出た。初産の場合は出産が予定日より遅れるのが普通だという話だが、すでに妙子は妊娠九ヶ月目に入るところで、それなのにまだ産休を取ってもいない。産前産後の休暇をどう割り振るかは妊婦の判断に委《ゆだ》ねられていて、妙子は出産直前まで働くことを選んだものの、さすがに膨れたお腹を見ると、厚田は気が気でないのだった。

出産準備の買い物も、予定すれば事件が入り、また予定をすれば司法解剖の依頼が入るといった具合に時が過ぎ、結局ギリギリになってしまった。

幸い赤ん坊は順調に育っていて、マタニティドレスの上からでもお腹が動くのがわかる。蹴《け》ったり、手を伸ばしたり、そのたびに妙子は何とも微妙な顔をする。

胎内で別の生命が育《はぐく》まれていく感覚は、エイリアンを宿した感じに近いと笑う。普通の父子であれば我が子との対面を指折り数えて待ち望むのかもしれないが、自分の遺伝子を受け継いでいないからなのか、厚田にそれほどの感慨はない。その代わり、間もなく一家の長になるのだという重責がヒシヒシと肩に食い込む気持ちがする。

「看護婦さんに教わってリストを作ったんだけど、最低限必要な品だけでも、けっこうな数なのよ。赤ん坊を産むのがこんなに大変だなんて、聞いてなかった」

妙子はメモを眺めてため息をついた。リストには、それまで厚田に関わりのなかった品々がびっしりと並んでいる。おくるみや肌着に始まって、近頃は主流になった紙おむつ、ベビーパウダー、ほ乳瓶、ベビーバス、エトセトラ、エトセトラ。

こんな物をどこで買いそろえればいいというのか、考えるだけで憂鬱《ゆううつ》になる。

本来なら姑《しゅうとめ》や妊婦の母親が準備を手伝うのかもしれないが、妙子は結婚や出産について実家に報告していないようだし、厚田も似たようなものだった。

年上の女性を妻にすると伝えに実家へ行くと、妊娠を打ち明けたあたりで厳格な父親は渋い顔になり、仲を取りなす素振りだった母親も、お腹にいるのが自分たちの孫ではないと知ったとたん、あからさまに態度を翻した。厚田は懸命に想いを伝えたが、親たちが軟化することはなく、ついに和解はできなかったのだ。

人々が行き交う街のショーウインドウで、大型テレビが午後のニュースを流していた。内戦が続くソマリアから、専門的な治療を要する少女が一人、慈善団体の要請で日本へ連れてこられたという。担架で病院へ運ばれてゆく少女は、額まで毛布が掛けられていて顔が見えない。埃《ほこり》と汚物で固まってしまった髪の毛が、毛布の隙間から針金のように突き出している。そうした国々で最初に犠牲になるのは子供たちで、三人に一人が五歳になる前に死んでしまうと、コメンテーターが話している。煩雑だとうんざりしつつも、好景気に沸く日本と同じ地球上に、内戦状態の国がある。

身重の妙子がてきぱきと買い物をこなす傍らで、厚田はもっぱら荷物運びに奔走し、準備して赤ん坊を産めるのは幸福なことなのだ。

ついにその日の夕方までにすべての品を買うことができた。

両手一杯の荷物を抱えて妙子の脇を歩きながら、厚田は不思議な感慨に浸っていた。山のような荷物を持って銀座《ぎんざ》を歩いたことも初めてならば、その中身がすべてベビー用品であることも、当然ながら初めてだ。子供を持つ先輩刑事は、照内でさえ、こんな経験をしたのだろうか。

照内の渋面を思い浮かべて、あり得ないと厚田は思った。

あのおっさんが赤ん坊といる絵が、そもそも想像できないのだ。まあ、照内の親父《おや》っさんといえども、最初からおっさんだったわけではないが……自分が父親になることを含め、すべて嘘くさい感じがする。

その照内によれば、父親が父親として自信を持つはじまりは、赤ん坊を『お父さんそっくりね』と評された時で、父親の自覚を持つはじまりは、赤ん坊に片言で『パパ』と呼ばれた時だという。

ならば厚田には、自信のはじまりは永遠に巡ってこない。

お腹が張ると妙子が言うので、手近な喫茶店に席を取った。昼食は済ませたはずなのに、妙子は席に着くなりホットココアとホットケーキを注文した。

「二人分とはいえ、よく食いますね」

自分はコーヒーを頼んで厚田が笑う。つわりの時は明治のミルクチョコレートぐらいしか受け付けなかったのに、最近の妙子は凄《すさ》まじい食欲だ。

「胃袋が二つあるみたい」

ホットケーキにバターを塗ると、大きなカットに切り分けて、呑《の》み込むように食べていく。合間にココアを飲みながら、シロップもすべてケーキにかけた。

「ホットケーキなんて、ちっとも好きじゃなかったのに不思議。無性に炭水化物が欲しいのよ。今後、妊婦の胃の内容物を調べる時は一考する必要ありだわ」

こんな時にも検死のことを考えている。

厚田は首を竦《すく》めてコーヒーを飲みながら、妊婦で太ると体型が戻らんぞと照内に言われたことを思い出していた。嫁さんにするなら気をつけてやれと。

「あまり太らないようにしたほうがいいんじゃないですか？」

一応忠告してみたものの、ふっくらとした今の妙子はむしろ美しいとも思う。

「平気よ。母乳は血液からできるんだから、授乳が始まれば一気に痩《や》せて」

妙子はふいに言葉を切った。

ナイフが止まり、また動く。刑事の夫と法医学者の妻。共に実家には頼れない身の上だ。出産を終えた後は、誰に子供を預けて仕事に戻ればいいというのか。彼女はそれを思うのだろう。

「どうしました？」

「なんでもない」

口の中のケーキをココアで流し込みながら、

「厚田刑事。あなたも食べる？」と、訊《き》いてくる。

「いりませんよ。食べて下さい、赤ん坊のためだ。それに」

いつまでも『厚田刑事』はやめて下さいよ。そう言いたかったのに、言えなかった。

「それに、なに？」

せかせかとフォークを動かしながら、妙子は皿を空にしていく。

「いえ、なんでもありません」

厚田は胸に手をやって煙草をまさぐり、それからその手をコップに移してお冷やを飲んだ。

「悪いわね」

と、妙子が笑う。

「なにがです？」

「妊婦といると、好きな煙草も吸えないからよ。私は先に出てるから、ゆっくり一服してきたらいいわ」

大丈夫ですよと席を立ち、会計を済ませて席へ戻ると、妙子は自分のお腹を支えながらテーブルの脇で待っていた。厚田の一挙手一投足を見守りながら、唇を微笑みの形でキープしている。ありがとう、と言われたように思ったが、効率よく荷物を抱えて厚田が顔を上げたとき、彼女はすでに店を出ていた。

急激に変わる街には古いものと新しいものが混在し、今しも商業ビルの壁面で、大型看板の張り替え作業が進んでいた。妙子が見上げていたのは発売以来売り上げを伸ばしているサムタイム・ライトの広告写真で、厚田が店を出るのを待って、

「吸ったことある?」

と、聞いてきた。サムタイム・ライトはメンソール入りの新しい煙草で、女性に人気の商品らしい。

「いえ。匂いはいいのかしれませんが、どうも」

言うと妙子は瞳《ひとみ》を伏せて、

「そうね。ぜんぜん吸った気がしないのよね」

と笑う。そういう彼女は妊娠を機に煙草をやめた。厚田のほうは心の片隅で、得難い喫煙仲間を失ったような淋《さび》しさを覚えていた。

新婚生活の甘さなど感じる間もなく、ベビー用品で新居が埋め尽くされたその翌日。厚田は玉川署へ、妙子は東大の法医学部へ出勤した。

家を出るとき、師事する両角教授が旅行休暇を取っているから、場合によっては定時に帰宅できないと妙子は言った。彼女の真摯《しんし》な仕事ぶりを知っているから、無理をしないようにとだけ答え、二人は最寄りの駅で別れた。

ビルの植え込みでひっそり香りを振りまいていた赤や白の梅に代わって、桜のつぼみが膨らみ始めた。日射しは日に日に力強く感じられ、待ち望んだ春の予感に街そのものも浮き立って見える。快晴で、風が気持ちのいい朝だった。


午後六時。今日は定時に帰れそうだと妙子から電話が入る。

「そりゃよかった。俺のほうは当番ですから、帰りは明日になっちまいます」

「なにか用意したほうがいい？　ほとんど主婦らしいことをしていないから、今夜みたいに時間がある時は、料理に挑戦してみるけれど」

「無理しなくていいですよ」

「いいのよ。せっかくその気になったんだから、やらせてちょうだい。産休に入れば時間がある気もするけれど、実際はどうなのか、まったく予測がつかないから」

厚田刑事は何を食べたい？　と訊《たず》ねられ、以前に妙子が作った生煮えカレーを思い出しながら、

「そうですね……それじゃハムエッグを」

と、控えめに言った。妙子に可能なメニューを選ぶのは苦労する。

「わかったわ。検査技師の子に作り方を訊いていく」

妙子は言って、電話を切った。

署の開け放った窓からは、暮れたばかりの空が見える。風は温かく、住宅街は平和

そのもの。明日、官舎に帰れば、冷えたハムエッグが俺を待っていると考えて、なぜか厚田は笑ってしまった。自分は先生と結婚したのだ。

やがては赤ん坊の泣き声に出迎えられて、アタフタと家事をこなす先生をみかねて、俺もおむつを替えたりするのだろうな。いや、むしろ俺が自分で料理を作って、先生に食べさせる光景のほうが想像しやすい。

ママゴトのようだった新婚生活が、少しだけ現実味を帯びてきた。

穏やかで、気持ちのいい夜だった。

緊急要請を告げる一報が入ったのは、午後十時四十分のことだった。管内で凶悪事件が発生したのだ。即座に刑事らが招集されて、下っ端で当番勤務の厚田が連絡係として署に残された。

同僚たちが飛び出して行ったあと、電話の前に陣取って、厚田はしばらく宙を睨《にら》んだ。たった今聞いたばかりの事件概要はゾッとするもので、気持ちを落ち着けなければならなかったのだ。

目を閉じて、息を吐き、ようやく立ち上がってあれこれを片付けてから、厚田はいったん部屋を出て、大型のホワイトボードを刑事課へ引き込んだ。無線ががなり立て、ひっきりなしに電話が鳴る。厚田は無線と電話を交互に聞きつつ、刻一刻と変わる捜査状況を整理しながら書き込んだ。

凶悪事件の場合、犯人を即時逮捕できればいいが、逃走されてしまえばことである。周辺住民を不安に陥《おとしい》れてしまうのはもちろん、本庁捜査一課から捜査員が派遣され、警察署からも応援の刑事が呼ばれて、合同捜査本部が立つからだ。

電話機を傍らに引き寄せて、初期情報を先《ま》ず書き込んでいく。

事件発生の第一通報者は、なんと警視庁本部の職員だった。被害者は四名で、いずれも死亡が確認された。発見場所は東京都世田谷《せたがや》区等々力《とどろき》〇丁目〇番。被害者の自宅が犯行現場で間違いないらしい。

・死亡　渡辺泰平《わたなべやすひら》　三十四歳　警視庁本部総務部勤務の警察官
・死亡　渡辺清子《きよこ》　三十三歳　警視庁池上《いけがみ》警察署交通課巡査
・死亡　渡辺菜央《なお》　七歳　私立櫂成《かいせい》小学校二年生
・死亡　渡辺慎二《しんじ》　五歳　おひさまひよこ保育園年長組

子供たちの年齢を書き込む時は力が入った。家族四人がいずれも死亡、しかも他殺だ。あまりに惨《むご》い。

現時点での数少ない情報によれば、一家は玉川署に近い住宅街に一軒家を借りていた。無断欠勤した渡辺泰平の様子を見るために勤務時間終了後に本庁の職員が自宅を訪れ、電話線が屋外で切断されているのを知って本庁へ連絡したのがはじまりだという。職員は念の為に妻の勤務する池上警察署へも電話してみたが、妻も出勤していないことがわかったため、大家に事情を話して渡辺家に侵入した。

「これが午後十時三十五分」

厚田は呟《つぶや》きながらメモをした。その五分後に、室内を確認した本庁の職員から玉川署へ殺人事件発生の緊急通報が来たのであった。

「いったい何があったんだ？」

七歳の姉と五歳の弟。痛々しさに厚田は唸《うな》る。夫の泰平は総務部勤務だから、凶悪事件に直接関与するわけじゃない。交通課勤務の妻は取り締まりで違反切符を切ることもあるだろうが、殺されるほどの怨《うら》みを買うとは考えられない。なによりも、

「子供も手にかけたなんて、酷《ひど》すぎるだろう」

街にパトカーのサイレンが響いている。長い夜になりそうだった。

午前二時過ぎ。緊急配備に就いていた仲間が一人戻って来た。厚田と交代で当番勤務をすることになっていた地域課の楠《くすのき》巡査部長だ。

「お疲れさんです。楠さん、現場の様子はどうですか」

厚田は早速お茶の用意をしながらそう訊《き》いた。

新米警察官は臨機応変にお茶を淹《い》れるのも役目のうちだ。楠とは部署が違うから、専用のカップではなく来客用の茶碗《ちゃわん》を使う。普段なら大半の照明を落とす署内も、今夜は凶悪事件のせいで煌々《こうこう》と明かりが点《つ》いている。人の出入りも多く、ひっきりなしに無線が吠《ほ》える。犯人は未《いま》だ消息不明のようだった。

「おお、悪いな」

楠はぬるい茶をひと息に飲み干すと、自ら立っていって二杯目を淹れ、瞬く間に飲み干した。

「そんなに酷い現場なんですか」

子供が二人も死んでいるんだ、酷くないはずがなかろうと思いながらも、厚田は訊かずにいられない。一番は、電話線が屋外で切断されていたことが気にかかる。予《あらかじ》め電話線を切ったというなら計画的な犯行だ。そしてその計画が家族を皆殺しにすることだったなら、これほど恐ろしいことがあるだろうか。

楠は壁を睨んで三杯目の茶も飲むと、空の茶碗を乱暴に置いた。

「夜が明けたら大騒ぎになるぞ」

と、重々しい声で言う。

「……え」

振り向いた楠の目が充血している。疲れではない、怒りのせいだと、顔を見た瞬間に厚田は悟った。

「猟奇事件だよ。あんなのは初めてだ。鑑識課長でさえ、あんなひでえ現場は見たことがないとさ。マスコミには余計な情報を一切流さないと決まった。今夜中にホシが網に引っかからなければ、間違いなく本庁の出番だな」

「電話線が切られてたってことでしたが」

楠は頷《うなず》いた。

「用意周到で冷静な犯行だ。百戦錬磨の鑑識官が、何人も吐いてたよ」

厚田は思わず顔をしかめた。鑑識は初動捜査班とほぼ同時に現場へ入る。何日も前に亡くなった無残な遺体の現場へも、厚田が悪夢に見るような虫だらけの現場へも。そして至極冷静に作業を進める。

腐敗も溶解も現象にすぎず、それが死者の尊厳を損なうことにはならないと、鑑識官は知っている。だから、彼らが吐くのは遺体の状態のせいではない。色濃く現場にこびりついている犯人の悪意に衝撃を受けてのことだ。

「心臓がな……」

と、楠は言う。言葉にするのもおぞましいという表情だ。

「心臓が刳《く》り貫《ぬ》かれているそうだ。四人とも」

「そりゃいったい、どういう」

「血の海だとさ。そりゃそうだ。心臓を刳り貫いて、それをまとめて置いてあるって話なんだよ。遺体の頭に、飾るみたいに」

目の前に、あのおぞましい光景が蘇《よみがえ》ってきた。もちろん今回の現場じゃない。サー・ジョージのコンドミニアムに置かれた虫まみれの母親だ。枕に散った赤いバラ。胸の上で組んだ手に、嵌《は》められていた豪華な指輪。チロチロと燃えるアロマキャンドル。近くに高価な紅茶のセットがあって、ミルクティーが残されていた。

厚田は手のひらで口を覆うと、もう片方の手で後頭部を掴《つか》んだ。楠の話を聞いただけで、あの日、あの時の、あの部屋へ、引き戻されそうな気持ちがした。

「なんだってそんな真似を」

「わかるかよ」

楠は吐き捨てて、引き出した椅子に腰掛けた。ホワイトボードに厚田が書いた情報を見上げ、「狂ってやがる」と、ため息をつく。

「何かの儀式じゃねえかと言ってる者がいた。海外のオカルト映画で見るヤツだ。遺体を飾ったり、吊《つる》したり、ハリウッド的な、悪趣味の……」

「犯人がそれを？　東京の、俺たちの管轄区内で」

「とにかく準備をしておけと、係長が言ってたぞ。夜が明けたら大騒ぎになる。マスコミが押し寄せて来るだろうし……当たり前だよな、警察官の一家が皆殺しにされて、しかも、ふざけた現場になってるんだから」

くそったれめ。と、楠は言って、仮眠をとりに出ていった。

儀式だって？　オカルトだって？　心臓を刳り貫いて頭の上に飾っていただと？　そんなイカれた犯人を、即時逮捕できなかったら大問題だ。街中が恐怖に怯《おび》えてパニックになる。

楠が去った廊下を見つめて、厚田は自分の顎《あご》を捻《ひね》った。熟考するときのクセだった。そんなにひでえことをしやがるからには、動機は怨恨《えんこん》だろうか。でも、だからって、子供に何の罪があるのか。幼気《いたいけ》な子供にまで手をかけやがるとは、この野郎……こんちくしょうめ……

いつの間にか、親の気持ちになっていた。妙子のお腹で育っている小さな命。十月十日の旅を経て、人として生まれ出ようとしている命の神秘に触れたからこそ、厚田はいつにも増して怒っていた。決して犯人を許すまい。必ず挙げて、しでかした罪を償わせてやる。

いつの間にか白々と夜は明け、次々に警察官らが戻って来る。係長から電話を受けて、厚田は、特別合同捜査本部の設営準備を始めていた。

翌早朝。妙子が起きる頃を見計らって、厚田は自宅へ電話を掛けた。楠の言葉通り玉川署に特別合同捜査本部が立ち上がることになったので、しばらく帰れそうにないと伝える為だ。新婚なのだから下着や着替えを届けて欲しいと頼んでもよさそうなものだが、臨月で仕事をしている妙子にそれを頼むのは憚《はばか》られ、どこかのタイミングで取りに戻ろうと考えていた。自分の留守中に産気づくようなことがあると大変だから、入院準備も進めておくよう伝えよう。あれこれ考えながら呼び出し音を聞いていたが、どれほど待っても妙子は電話に出なかった。

「妙だな」

ハムエッグの話をしたのは昨日のことだ。時刻は午前七時十五分。捜査本部の初会議は八時からで、それまでに講堂へ行かなくてはならない。

「厚田。行くぞ」

先輩刑事に呼ばれて電話を切った。最近は眠くてたまらないと言っていたから、まさか寝坊をしているのだろうか。いや、彼女に限ってそれはない。三度の飯より仕事が好きな女だ。あとで大学へ掛けてみようと思いつつ、厚田は同僚の後を追った。

午前八時。

当該事件の戒名は『世田谷区等々力住宅地における警察官一家猟奇的殺人事件』と決まり、玉川署の講堂に置かれた特別合同捜査本部で最初の捜査会議が開かれた。警視庁捜査一課の捜査員、周辺の所轄から応援に来た刑事たち、鑑識課長や鑑識官など、総勢八十名あまりが一堂に会すると、準備した事件の概要が黒板に貼り出された。当然ながら、厚田が無線と電話から拾い出した情報は未明から早朝にかけて大幅に補足され、厚田は夜通しそれらの整理に追われていたのだ。

黒板を背にした雛壇《ひなだん》には、捜査一課長、理事官、管理官、刑事指揮者や所轄の署長など、捜査幹部が並んでいる。掛け声と共に一堂は席を立ち、一礼してのち捜査会議は始まった。冒頭、引き伸ばされた被害者らの写真に黙禱《もくとう》を捧《ささ》げ、一堂はその面影を胸に刻んだ。

姉弟《きょうだい》の分はスナップ写真だが、両親は警視庁に提出された身分証の写真が貼り出してある。制服姿の警察官が被害者であることは、胸の内側を鉄のやすりで削られるような痛みを捜査員らに与え、講堂には重苦しい緊迫感が漂っていた。

係長が事件発覚の経緯と現場の状況を説明する。

氏名、年齢等は厚田が昨夜書き出したものと同等だったが、今朝はこれらに渡辺家の大まかな見取り図が加わった。遺体の置かれた状況がひと目でわかる。昨夜、楠は被害者の心臓が抉《えぐ》り出されて頭の上に置かれていたと話したが、見取り図を見ると、事件の猟奇的な部分はそれだけではなかった。

四名の遺体があったのはリビングで、頭を中心に向けた放射線状に並べられ、その中央に心臓がまとめて置かれていたようだ。見取り図上の四名は棒人間として描かれており、四つの心臓は頭の先に小さな丸で示されている。特筆すべきは遺体を囲むように描かれた円で、それは被害者の血液で描かれた魔法円のようなものだという。配られた資料には現場を撮った写真があって、厚田は鑑識官らが吐いた理由を知った。

写真を見るだけで、全身の血が一気に引いていくようだった。

四名の被害者は、乱雑に家具を寄せて作られた空間に寝かされていた。父親、母親、弟、姉の順に時計回りに並べられている。全員が仰向《あおむ》けで、服は着ているが胸部が裂かれ、上半身は血にまみれ、夥《おびただ》しい血痕《けっこん》が床に筋を引いていた。母親は頭皮の一部が剝《は》がれているから、髪の毛を摑んで引きずってきたのだろう。別のページにはごっそり抜けた髪の毛が、頭皮ごと廊下に落ちた写真があった。

「四名は服の上から胸を裂かれ、肋骨《ろっこつ》を折られた後、刃物で心臓を抉り出されていた。肋骨を折るのに使われたのは五キロの鉄アレイで、渡辺泰平の私物であることが確認されている」

刑事課長が事件の概要を説明していく。見取り図にあった血の円には、意味不明の模様が描き加えられた形跡があるとも補足した。

「遺体は血で描かれた輪の中に置かれていた。状況からして、遺体を置いた後に描いたものである。犯人はオモチャのバケツに血を受けて、そこに手袋をした手を浸し、床に直接輪を描いた。何を意味するものかは不明だ」

「詳しくは司法解剖の結果待ちですが、初見での死因は四名ともに頸動脈《けいどうみゃく》損傷等による失血死だと思われます。父親は一階のリビングで、母親は二階の家事室で、姉弟は二階の子供部屋及びその付近で襲われました。母子共に階段から投げ落とされ、リビングでとどめを刺されたと見られます。死亡推定時刻は遺体発見日前日の二十三時から二十四時。父親は頸動脈を切られながらも電話を掛けようとした形跡がありますが、引き込み線が屋外で切断されていました」

鑑識課長の報告のあと、主任警部補が鑑取り捜査について話した。

「一家のあるじ渡辺泰平は本庁で証拠品保管庫の管理を任されていたが、内部告発があって抜き打ち調査をしたところ、証拠品として押収された現金八十三万円ほか、免許証等書類の紛失が判明して監察対象となっていた。渡辺本人は、横領、持ち出し共に否認しており、詳細は調査中。管理不行き届きで謹慎処分を受けたのち、近く監察官の聴取が予定されていた。妻の清子は池上警察署の交通課で事故捜査係に勤務していた。夫婦共に勤務態度は良好で真面目。近所の評判も悪くない」

ほか簡単な質問を受け付けてから捜査担当が割り振られ、第一回の捜査会議は終了した。事件の内容が猟奇的でショッキングなこともあり、被害者の心臓が刳《く》り貫《ぬ》かれていた事実や、血液で魔法円らしき輪が描かれていたことなどについては箝口令《かんこうれい》が敷かれた。

厚田に割り当てられたのは遺留品の捜査であった。犯人は現場に凶器等を残してはいなかったが、被害者の傷口から想定される刃物の形状、建物周辺や室内に残された足跡、切断された電話線の切り口などを糸口にして犯人に迫る捜査である。

駆け出し刑事の厚田が組まされたのは、中堅の西嶋《にしじま》刑事であった。西嶋は三十五歳。高校球児のような丸刈り頭、縦にも横にもボリュームがあって、笑うと愛嬌《あいきょう》のある顔なのに滅多に笑わず、口数も少ない。スーツ姿の時はともかく、張り込みなどで変装すると清掃員の作業着姿が異様に似合う。表情に乏しいので喜怒哀楽がよくわからず、捉《とら》え所のない風貌《ふうぼう》から『クラさん』と呼ばれる刑事である。

何をやるにつけてもノラクラして見えるからだが、本人には『クラクラするほどいい男だから』ということで、話が通っているらしい。客観的に見て西嶋が自分のどこをいい男と思っているのか、厚田にはわからない。

「さて、じゃ、行くとしますか」

坊主頭を掻《か》きながら、やや甲高い声で西嶋が言う。

「クラさん。先《ま》ずはどこから当たりますか？」

足跡か、凶器か、それとも電話線の切り口か、考えながら厚田は訊《き》いたが、西嶋は丸い顔の真ん中でアーモンド形の目を細め、

「現場百遍。ガンちゃん、まだ現場見てないでしょう」と言った。

いきなり『ガンちゃん』と厚田を呼んで、ふらりと捜査本部を抜け出していく。

厚田は名前が厳夫だから、子供の頃はガンちゃんと呼ばれていたこともある。でもまさか、成人してから同じ呼ばれ方をするとは思いもしなかった。それはともかく、西嶋のこのひと言は不思議に厚田の気持ちを摑《つか》んだ。厚田は「はいっ」と返事をして、

つかみ所のない先輩刑事について行った。

渡辺家は玉川署から徒歩数分の距離にあるのだが、当番で署に残っていた厚田だけが、まだ現場を確認できていなかった。フットボール選手のような西嶋の背中を追いかけながら、妙子のことが頭をよぎったが、今さら連絡する術《すべ》はない。

捜査に集中するあまり、刑事はすべてを忘れがちだ。帰れないと電話することも、臨月の妻を気遣うことも失念してしまう。そうやって、何人もの刑事が最初の結婚に失敗するらしい。

犯行現場の手前には警察官が配備され、近隣住民以外は道路への立ち入りが規制されていた。夜明けと共に鑑識官が増員されたらしく、証拠品の収集に立ち回っている。案の定マスコミも大勢詰めかけていて、規制線の手前で生中継をしているキャスターもいた。西嶋と厚田は素知らぬ顔で人垣を抜けると、警備の警察官に腕章を見せて、規制線の中へ入った。

渡辺家は空き地と貸し駐車場の間にぽつねんと建っていた。空き地を含め一帯にマンションが建つ計画があるらしく、簡易フェンスで囲った空き地に告知看板が立っている。向かいは道路で裏が公園。周辺への聞き込みで、不審な物音や叫び声に関する証言が拾えなかったのはこのせいだろう。家はこぢんまりとした二階建てで、築年数は二十年程度ということだったが、一階が一部駐車場になっているなど、比較的新しい感じがする。捜査会議の見取り図によると、一階は玄関、リビングダイニングと、風呂《ふろ》、トイレ。二階には物干し用の小さなベランダ、夫婦の寝室兼家事室、子供部屋という造りのようだ。現在も鑑識捜査が続いているので、玄関部分をブルーシートで覆い隠して警備の警察官が外にいる。厚田は、手袋、腕カバー、足カバー、保護帽にマスクという出《い》で立ちでブルーシートの中に入った。

「うっ」

いきなり鼻を衝《つ》いたのは恐怖の臭いだ。マスクをしても濃厚に感じる。

それは血の臭いだろうとか、遺体の臭いだろうと言う者もいるが、そうではなくて、被害者が感じたおぞましいまでのストレスや恐怖が現場にへばりついてしまっているのだ。それが証拠に犯行車両などを警察犬に嗅《か》がせると、尻尾《しっぽ》を巻いて脱糞《だっぷん》することがしばしば起きる。それは血液や殺人の痕跡《こんせき》に拘《かか》わらず、被害者の恐怖の臭いを犬が嗅ぎ取るからだといわれている。

「どう？　ガンちゃん」

と、西嶋が訊いた。

遺体は疾《と》うに運び出されているのだが、だからこそ余計に惨劇の跡が生々しい。ここで何が起きたのだろうかと、想像を逞《たくま》しくしてしまうのだ。

玄関を入ってすぐがホールだが、ホールを二分して、階段と、リビングへ向かう廊下がある。玄関に立った厚田の目に、先ず飛び込んできたのは階段を染めた血痕《けっこん》だった。子供二人は投げ落とされて、リビングで殺害されたということだから、この凄惨《せいさん》な血の跡は襲われて引きずられ、投げ落とされた母親のものだろう。

血痕が描き出した動線は、彼女が踊り場から蹴《け》り落とされてホールで止まり、また引きずられていったことを示している。現場写真にあった頭皮の塊は、廊下の奥、リビングの手前に捨てられたものだった。その場所にも血溜《だ》まりが残されて、犯人の容赦のなさが窺《うかが》える。

西嶋の足下にも血溜まりがある。子供たちのどちらかは一気に玄関まで落ちてきたようで、鑑識が描いた印の中に、『前歯、子供』とチョークで文字が書いてある。

鼻血が滴った跡も玄関タイルに残されていた。円形だった血痕が途中からいびつになっているから、犯人は乱暴に子供を連れていったのだ。

「うむぅ」

厚田は返事の代わりに低く唸《うな》った。今になって、血の臭いが澱《おり》のように肺に溜まってきた。捜査本部で笑顔のスナップ写真を見たばかりの姉弟《きょうだい》が、恐怖に引き攣《つ》り、怯《おび》える姿が脳裏をよぎる。激しい怒りで厚田は強く拳《こぶし》を握った。

西嶋がリビングへ向かうので、それに倣ってついていく。出てきた鑑識官と入れ違いに中へ入ると、そこはさらに凄惨《せいさん》だった。被害者らの横たわっていた跡が床にマーキングされていて、現場写真の光景が足下で展開されているような錯覚に陥った。写真では細部までわからなかった血のサークルが、圧倒的な生々しさを持って目に突き刺さる。

人の血液はペンキのような粘度を持たない。かといってサラサラしているわけでもない。流れるのは体内にあるときだけで、出血すれば即座に固まる。それなのに、床にはクッキリと巨大な円が描かれているのだ。どれだけの血を用いたら、こんなことができるのか、厚田は心の底から戦慄《せんりつ》した。

血を溜めたオモチャのバケツはテーブルに置かれていたらしく、花柄のテーブルクロスに底の形が残されていた。

子供のオモチャに血を受ける神経がすでに理解できないし、血しぶきで汚れた室内は、どこを見てもゾッとするばかりだ。鉄アレイで肋骨《ろっこつ》を折った痕跡は天井にもあって、照明器具に付着した肉片を鑑識がピンセットで剝《は》がしている。厚田は吐きそうになって顔を背けた。

「二階も見ようか」

呼吸を整える間もなく西嶋に言われて、また後ろをついていく。

刑事は現場を詳しく知る必要がある。こうした惨状を何度も胸に呼び起こし、自分を奮い立たせて凶悪事件の証拠を追うのだ。足が棒になろうとも、聞き込み先で心ない罵声《ばせい》を浴びせられても、苦労が徒労に終わるとしても、この惨状を思い起こせば犯人への怒りが湧いて、耐えられる。それが刑事の原動力だ。階段についた血液の筋や、ごっそり抜け落ちた髪の毛や、抗《あらが》うように壁をこすった手の跡が、今もまだ被害者の恐怖と無念を物語り続けている。手形は大きさからして母親のものだろう。その時の気持ちは如何《いか》ほどか。恐怖の中で子供たちを案じた気持ちは。

階段の途中にごく小さなくぼみがあって、鑑識がサイズを測っていた。子供がここで前歯を折ったのかと思うと、厚田は全身が震えるようだった。すべてが起こってしまった今となっても、痛ましくて、可哀想で、やりきれない。

お疲れ様ですという代わりに鑑識が道を空け、厚田と西嶋はさらに階段を上る。

子供部屋は二段ベッドで、寝具に就寝した形跡はない。壁際に勉強机がふたつ並んでいるが、片方の椅子だけが倒れていた。それぞれの机には子供たちが座っていた形跡がある。姉の机は漢字の書き取り帳が開いてあって、弟の机には画用紙とクレヨンが置かれていた。おそらく姉の真似をして、文字らしきものを落書きしていたのだろう。弟の椅子は引かれたかたちで残っているので、物音に気付いて見に行こうとしたところを襲われたのだ。遺体の頬に撲《ぶ》たれた痕《あと》があったから、ドアを開けたとたんに張り飛ばされて、わけもわからぬまま玄関ホールへ投げ落とされたということだろう。

姉のほうは咄嗟《とっさ》に椅子から立ち上がり、逃げる間もなく捕まった。いかに容赦のない犯行だったか想像がつく。

壁に貼られたクレヨンの絵や、時間割、ランドセルに入れるばかりになったノートの束、削る予定だった鉛筆が、平和で幸福な色合いのまま、主《あるじ》を失った部屋に残されている。

廊下を挟んで真向かいが母親の襲われた主寝室だ。広めの部屋にベッドを置いて、空きスペースを家事室として使用していたらしい。取り込んだ洗濯物がカゴにあり、アイロン台に男物のシャツが広げてあった。アイロンを掛けている最中に襲われたらしく、シャツに血が飛び散って、アイロンの焦げ跡がついていた。安全装置が働いて電源が切れたため、火事にはならなかったと鑑識が言う。

「いずれも争った形跡はなし。躊躇《ためら》いのない犯行だよね」

西嶋がポツンと言った。その顔は経を読む坊さんのように表情がない。

厚田は室内を見回してみたが、西嶋の言うとおり、飛び散った血痕と焼け焦げたシャツ以外、室内は整ったままだった。

「いきなり頸動脈《けいどうみゃく》を切ったんですか……いったい何者なんだ、ホシは」

厚田は呻《うめ》く。

「普通の人間に、こんな犯行がやれるとは思えませんや」

そして、普通の人間とは何だろうと考えた。

人が人を殺すのだ、しかも四人も。一人目は勢いでやってしまえるかもしれない。けれど、二人、三人と立て続けに殺害するならば、犯行を起こす方だって、気力と体力がいるものだ。鬱屈《うっくつ》して溜め込んでいた激しい怒り、もしくは薬物の影響か、いずれにしても爆発するほどの何かが必要だったと思うのだ。人間ならば。

なのに母親はあっさりやられた。父親もそうだ。特に母親は、階下で夫が襲われたことにも気付かなかったようである。そんなことがあり得るだろうか。女とはいえ大人の首に切り付けて廊下に出し、階段から蹴り落とす。音に気付いた弟を即座に襲う。張り倒して投げ落とし、姉を部屋から引きずり出す。

厚田は深いため息をついた。

前の所轄で照内が話してくれたことを思い出す。たいていの場合、犯人は人を殺《あや》めたことで興奮し、ヘマをする。温かい返り血を浴びるし、刃物が脂を吸って鈍くなる。血でぬるぬると手が滑り、誤って自分の体を傷つけたり、ずさんになったり、頭が回らなくなって遺留品を残す……けれど、この現場はどうだ。

「トイレを使ったようですか？」

厚田は鑑識官に訊《たず》ねたが、

「いいえ」

と、鑑識の一人が答えた。

人は極度の緊張で便意を催すことがある。泥棒がトイレ以外の場所で脱糞《だっぷん》していくことは珍しくないが、それもまた緊張と興奮によるものらしい。

「そういう痕跡《こんせき》はありません。犯人は手袋をしていたようですが、犯行後に新しいものに替えたのかもしれません。ドアノブにも、窓枠にも、犯人の手形が見つかっていませんし」

「侵入経路はどうなってんです？」

訊《き》くと西嶋は人差し指をピコピコさせて、厚田を再び一階へ下ろした。勝手口のドアなどにピッキングの形跡はなく、犯人は玄関から入って、犯行後はまた玄関から堂々と出て行ったらしいという。もちろん施錠していった。渡辺家は玄関の鍵箱《かぎ》に鍵を置く習慣があったが、鍵は無くなり、まだ見つかっていない。

「顔見知りの犯行だったんですかねえ？」

西嶋に厚田は訊いた。

「そうかもしれない……そうじゃないかも。知り合いだったから被害者が自分で玄関を開けた。とすると、母親が家事室にいたのは不自然だよね？　ドアフォンを鳴らしたはずだから、奥さんは迎えに出てくるでしょう？」

「じゃ、玄関を施錠してなかったんですかねえ」

「その可能性もあるよねえ」

外では、鑑識官が石膏《せっこう》で足跡をとっていた。

「ちょっとすいません」

西嶋は拝むように右手を挙げて、玄関ドアのノブを握った。開けるのはともかく、閉めるとガチャリと音がする。誰か入ってきたのなら、二階で作業中の妻はともかく、リビングの夫は音と振動に気付いたはずだ。西嶋は再びドアを閉め、静かに開けた。胸ポケットのハンカチを取ってドアの隙間に咬《か》ませると、振動も音もなくドアは閉まった。

「なるほどね」軽く頷《うなず》くと、

「いやどうも。お邪魔しました」

そう言って現場を出ていく。厚田はまたも彼の背中を追った。

外に出ると野次馬の数が増えていた。西嶋は規制線の内側で装備を脱ぐと、壁に沿って家を回り込み、道路ではなく公園のほうへ行く。公園は生け垣で仕切られているのだが、敷地境界線と建物の間に五十センチほど隙間があって、細かな砕石が敷き詰めてあった。住んでいたのが警察官だから、防犯のために音の出る工夫をしていたようだ。砕石は尖《とが》っているので、踏むとジャリジャリと音が鳴る。犯人は侵入口を探して家の周囲を歩かなかったのだろうか。いきなり玄関を開ける犯人というのも、その異常さが恐ろしい。

「どうして砂利の音に気付かなかったんでしょうかねえ」

厚田が言うと、

「マンション工事」

と、西嶋は答えた。

「この一帯の土地を買い取ってマンションにする計画があったみたいで、地上げ屋が活発に出入りしていたってさ。空き地の隣の古い家、あそこを買い叩《たた》きたかったみたいでね、夜になると掘削機で地面を掘ったり、大きな音を出していたって話だよ」

「ここに警察官が住んでいるのにですか？」

「注意をすればやめるんだ。イタチごっこさ。ちなみにその地上げ屋からも目撃情報を訊いてるんだから、因果なもんだよ」

西嶋は盛大に音をさせながら奥へ行く。細身の厚田は苦もなく通れる隙間だが、巨漢の西嶋は体を横にしなければ進めない。間もなく西嶋は公園の生け垣に頭を突っ込み、そのまま消えていなくなった。植え込みの灌木《かんぼく》と灌木の間に隙間があって、そこを通り抜けたのだった。

「犯人もここを通ったんですかねえ」

厚田が言うと、西嶋は「なんで？」と訊いた。

「玄関から出たのに、こんな隙間を通る必要はないよ。マスコミがいたからショートカットしただけ」

スーツについた埃《ほこり》や葉っぱを払いながら、西嶋は「行くよ」と言う。どこへ向かうのか説明はなしだ。

「クラさん、あの現場。俺は胸くそ悪くて吐きそうでしたよ。とてもじゃないが、人間の仕業と思えませんや」

厚田は西嶋の坊主頭に訴えた。怒りで胸が張り裂けそうだし、犯人を許せない気持ちで一杯だ。昨夜臨場した西嶋らは心臓を刳《く》り貫《ぬ》かれた家族四人を見たはずで、衝撃と怒りは自分の比ではないだろう。

恐ろしい事件が起こったせいで、公園にはまったく人影がない。凶悪な犯罪者がどこに潜んでいるかわからないのだから、近隣住民は恐怖に震えているはずだ。

「早いとこホシを挙げねえと」

独り言のように呟《つぶや》くと、西嶋は少しだけ振り向いたが、すぐにまた前を向いてしまった。そうだな、とも、気張れよ、とも、何も言わない。

「これからどこへ行くんです？」

西嶋はポケットに手を突っ込んだまま、「東大」と答え、厚田は妙子を思い出した。新婚の妻についても、その妻が東大の法医学部にいることも、厚田は同僚に話していない。事情を知るのは前の所轄で先輩だった照内だけだ。玉川署には赴任したばかりなのでなおさらだが、そもそも刑事の習性として、互いの家庭事情を語り合ったりはしないものだと照内は言う。

――可愛がってもらえるのは手柄を立てねえ指示待ち刑事の間だけだぞ。デカ同士ってえのはライバルだから容赦ねえ。てめえのネタはてめえが握る。表立っては言わねえが、他所《よそ》の班の手柄はやっかむし、僻《ひが》み者が寄り集まるから協力もしねえ。それじゃ何のために刑事をやってるのかってえと、厚田――

お前はよく考えろよ。と、照内は言った。

くだらねえプライドなんか持つんじゃねえぞ。持つなら真っ当な怒りを持て。マル害のため、がむしゃらに突っ走れる刑事になれと。

「東大で、そろそろね、凶器の情報をもらえるんじゃないかと思ってさ」

どことなく他人事《ひとごと》のような言い方をする。

「え。てことはつまり、司法解剖は東大で？」

「そ」

なんてこった。まさかとは思うが、妙子が電話に出なかったのはそのせいなのかと心配になる。そういえば、彼女の恩師、両角教授は旅行休暇を取っているはずだ。

「いや、教授は留守でも助教授がいるか。なんたって先生はあの腹なんだし」

妙子は『早く帰れる』と電話をくれた。だからそんなはずはない。そんなはずはないが、彼女が今日大学へ向かえば、司法解剖の依頼が来ていることを知るだろう。

臨月の体でメスを持つような無謀は考えられないが、でも彼女なら……率先して司法解剖に挑みそうな気がして怖い。

「なら急ぎましょうや」

厚田は西嶋を追い越して、一路本郷《ほんごう》の東大へ急いだ。

東大の法医学部へ来るのは久しぶりだった。

かといってこのキャンパスは、何年も、何十年も変わらぬ趣でそこにある。構内のどこかでいつも工事をしているし、年ごとに移り変わる学生たちすら、厚田には『学生』という一括《ひとくく》りの風景に思える。銀杏《いちょう》並木の背景にある赤煉瓦《れんが》、校舎の上に広がる青い空、東京大学を手前に置くと、空の青さがことさら冴《さ》える。西嶋はあれ以来何も語らず、背広のポケットに手を突っ込んだまま、司法解剖室へ向かった。

死体搬入口の奥に位置する解剖室へ行くために暗くて古い廊下に立つと、厚田はいつも一種異様な感慨を覚える。ここから搬入されるご遺体は、体をひらかれ、内臓を取り出され、自身ですら見ることのないすべてを他人に晒《さら》してからでなければ、ここを出ることが敵《かな》わないからだ。

それでも遺体は聞いて欲しくてここへ来るのよ、と、それは妙子の口癖である。遺体の声を聞けるのは法医学者だけだから、だからこそ自分がそれをしなければならないのだと彼女は言い、その姿勢に心打たれたことを思い出す。

司法解剖室では、まだ作業が続いているようだった。廊下には係長がいて、疲れたように膝《ひざ》を折り、壁により掛かって宙を見ていた。

「お疲れ様です」

意外にも、こういうシーンでは先んじて挨拶《あいさつ》をした西嶋が、

「様子はどうです？」と、彼に訊《き》く。

三枚重ねでマスクを掛けて、保護帽を被《かぶ》った係長は、手袋をはめた手で少しだけマスクをずらし、「どうもこうも」と、解剖室の扉に目をやった。

「四人だからなあ。子供もいるし、さすがにきついわ。何より親は俺たちの仲間だ」

司法解剖には科捜研の職員はじめ、担当刑事や鑑識官が立ち会う決まりだ。四名同時に解剖することもあるけれど、今回ここでは二人を順番にひらくという。運ばれたのは父親と弟で、母親と姉の司法解剖は別の大学に依頼していると話す。

「父親が今、終わったところだ」

「凶器について話を訊きに来たんですが」

係長が司法解剖室の方へ顎《あご》を振ったので、西嶋がドアをノックした。

返事を待たずに室内へ入ると、ステンレス台に載った遺体の胸部にガーゼがあてがわれているところだった。執刀したのは新井《あらい》助教授。前にも厚田は、妙子が助手を担当した司法解剖で会ったことがある。

「う、先生……」

新井助教授の背後に目をやり、厚田は思わず呟いた。遺体を処理する学生たちの足下に、真っ青になった妙子が腰掛けていたからだ。

あんた、自分がどんな体かわかっているんですか。

喉元《のどもと》までせり上がってくる言葉を、厚田は懸命に呑《の》み込んだ。妙子もまた、椅子から厚田を睨《にら》んでいる。いや、睨んだわけではないのかもしれないが、その眼に厚田はゾッとした。興奮のためか充血し、顔色はまるでロウのようだ。厚田に文句を言う間を与えることなく、妙子はよろりと立ち上がり、司法解剖室を出て行った。

細身とはいえ、妙子のお腹はかなり目立つ。それなのに、なんでこんなところにいなきゃならない。厚田は妙子を叱りたかった。

「少し休んで、次のご遺体にかかります」

新井助教授はそう言って、刑事に遺体を下ろさせた。

学生がすぐさま解剖台に水を撒《ま》き、汚れを洗い流していく。助手をしているのは学生たちだが、おそらく妙子もここにいたのだ。いつから？　くそっ！

ラテックスを外しながら部屋を出て行く新井助教授を西嶋が追いかけ、もちろん厚田もついていった。解剖室のとなりの準備室で、新井は頭に被ったシールドを外し、保護帽を取り去った。髪を振りさばいて術衣を脱ぐ。

彼は背が高く、ゴツい馬面をしている。手も足も腕も太く、そのせいか幾分傲慢《ごうまん》な印象を与える。両角教授と比べて遺体の扱いがぞんざいすぎると、厚田は妙子から聞いたことがある。

「あー。なにか？」

術衣をポリバケツに放り込み、ゴシゴシと手を洗いながら新井が訊《たず》ねる。準備室にすでに妙子はいなかった。

西嶋は巨大な体を少しだけ曲げてお辞儀した。

「自分は玉川署の西嶋です。こちらは厚田」

「どうも」

二人の方を振り向きもせず、新井は手を洗い続ける。

「お疲れのところ申し訳ありません。主観でけっこうですので、何かわかったことがあれば」

「わかったことは死体検案書に書き込んで出すよ。まだ次のが残ってるんだ。あんたたちだって、ここで死体を見てったろう？　それ以上のことはないよ」

新井はそう言って西嶋の脇をすり抜けた。西嶋は食い下がる。

「それは重々承知の上で、凶器について知りたいんですが」

司法解剖をする前に、被害者らの傷口から凶器の形状を測っているだろうと西嶋は言う。新井は大きな欠伸《あくび》をひとつして、準備室から廊下に出た。

「そういうのは検死官補佐がまとめるんだよ。書記なんだから」

大股《おおまた》で進んで行くのを追いかけながら、西嶋はねちっこく食い下がる。

「でも、見解とかあるでしょう。手応《てごた》えというか、印象とか」

ガシガシと頭の後ろを掻《か》きながら、新井はまた欠伸をした。

「ならば死因究明室の石上君に訊けばいい。ぼくは司法解剖をしただけだけど、彼女は畏《おそ》れ多くも両角教授の代わりにさ、わざわざ現場へ検視にまで出掛けているんだし。あのお腹でだよ？　物好きな」

言葉尻《じり》はさすがに語調を弱めたものの、棘《とげ》のような嗤《わら》いが含まれていた。

「えっ、あの現場へ、検視にですか？」

厚田はショックで血の気が引いた。思わず訊くと、西嶋が振り向いた。

「両角教授に電話したら不在だったんで、女の先生が来てくれたんだよ」

なんてこった。両角教授は旅行中だが、だからってまさか妙子が検視に行ったとは。

思わず足を止めた厚田を置いて、新井と西嶋は先へ行く。新井は並びにあるシャワー室のドアに手を掛けて、振り向いた。

保護着を着用していても、それを脱いでも、体についた臭いは消えない。だから彼らは頻繁にシャワーを浴びる。一つには臭いを消すために、また、感染から自分を守るために。妊婦が司法解剖に関わることは、自分と胎児を危険にさらすことでもあるのだ。

「その『女の先生』が石上君だ。司法解剖にも立ち会ってもらう予定だったが、彼女にしては珍しく、途中で体調を崩してね。それでも解剖室を出ていかずに最後まで見学していたんだから、『印象』ならば優秀な石上『先生』に訊いてくれ。こっちはまだ気が抜けないんだ。わかるだろ？　これから子供の解剖までしなきゃならないんだからさ」

西嶋の鼻先にひとさし指を突きつけて、嫌みな感じでそう言うと、新井はシャワー室へ消えてしまった。結婚の報告をしたはずなのに、新井助教授は未《いま》だ旧姓の石上で妙子のことを呼んでいる。

「新井助教授。その『先生』は今どちらに?」

西嶋も負けずに食い下がる。厳密にいうと、妙子はまだ『先生』ではなく院生だ。事情を知らない西嶋がドアに向かってそう訊くと、

「知らないよ!」と、新井の怒号が返ってきた。

厚田は、女だてらに法医学者を目指す妙子の受難を見たように思った。

「クラさん、その先生なら法医研の両角研究室ですよ」

厚田が囁《ささや》くと、

「知ってるんだ?」

西嶋は振り向いた。

「はい。前の所轄で、随分世話になったんで」

「そうなの」

西嶋はあっさり新井を手放した。

「じゃ、そっちへ行こうよ。あの助教授は、ガーゼの載せ方酷《ひど》かったしね。ぼくは、処置がずさんな解剖医をあんまり信用しないんだ。事務的に処理してるってことだから。できれば両角教授にやって欲しかったよねえ」

シャワー室に聞こえるように言ってから、西嶋は踵《きびす》を返した。

妙子が妻だと伝えるべきか、厚田は逡巡《しゅんじゅん》したものの、なんとなく機会を失ったまま、二人は司法解剖室の棟を抜け出した。

妙子は大丈夫なのだろうか。彼女もシャワーを浴びるはずだから、慌てても仕方がないことはわかっていた。二人はトイレに寄って手を洗い、学内の自販機でコーヒーを買った。

「クラさん。さっき、女の先生が検視したって言ってましたが、本当ですか？」

自販機から紙コップ入りのコーヒーを取り出しながら西嶋に訊《き》くと、

「本当だよ。こっちもあのお腹にはたまげたけどさ、本人だって、まさかあんな現場だとは思わなかったんだろうし……ま、誰も思わないね、あんな酷い現場だなんて」

西嶋はコーヒーを受け取ると、現場を思い出したように眉《まゆ》をひそめた。

「幹部は両角教授を呼んだんだ。法医学実務の権威だからね。でも、電話したら彼女が出た、そういうこと。でもさ、『女だけど』やり手なんだって」

女だけど、というところに力を込める。厚田は胸のあたりがギリギリとした。

「時代は変わっていくのかもねぇ。妊婦が検視、司法解剖……でも大丈夫なんじゃない？　本人が検視しますって言ったんだから」

グビリとコーヒーを飲みこんで、西嶋は呑気《のんき》に宙を仰いだ。

大丈夫なわけあるか。厚田は心で叫んでいた。

妙子の職場へ来るのは久しぶりだ。厚田は妙子のためにミネラル麦茶を買って、『死因究明室』と呼ばれる両角教授の研究室へ向かった。

妙子と出会ったのもこの部屋だった。様々な機器が所狭しと並ぶ研究室は、正面に教授のデスクがあって、両脇に研究員のデスクが並ぶ。

室内の一角をパーティションで仕切って検査室に使っているのだが、以前はそこに町田《まちだ》というベテランの男性職員が詰めていた。彼が辞めてしまったため、応対に出てきたのは学生で、妙子のデスクへ案内された。すべてに気が利く町田と違い、学生は案内しただけで自分の持ち場へ戻ってしまった。

応接スペースのない部屋だから、妙子のデスクに立ったまま、巨漢の西嶋と小柄な厚田は手持ち無沙汰《ぶさた》に時間をつぶす。もしも町田がまだいれば、空いているデスクから椅子を引き寄せ、厚田と西嶋を座らせて、私物のインスタントコーヒーを淹《い》れてくれたことだろう。

妙子のデスクは片付いていない。雑多に積み上がった資料や書類、ノートや筆記具のわずかな隙間に、死体検案書に押す印鑑などが転がっている。歪《いびつ》に積まれた専門書、中身が出しっ放しの筆箱や印鑑ケース。それらを片付けたい衝動を抑え、厚田は天井を見上げて頭を掻いた。西嶋もまた、退屈そうに宙を見ている。

あの腹で、妙子は検視に出たという。気持ちを落ち着けるために一服点《つ》けたいところだが、研究室は禁煙だ。厚田はむやみに額を拭《ぬぐ》った。

ややあって、ようやく妙子が戻って来た。お腹のせいで白衣の前が閉められず、カーディガンのように羽織っている。マタニティドレスが丸見えだと司法解剖室にいるときよりずっと妊婦に見える。応対に出た学生が妙子を出迎え、刑事が待っていることを伝えると、彼女はボブカットの髪を振りさばきながら自分のデスクに戻って来た。やはり顔色はよろしくない。

「お待たせしたみたいね」

銀縁メガネを持ち上げながら、彼女は二人の脇をすり抜けてデスクに座った。人生最高の腹囲を更新中だから、狭い場所にお尻《しり》を下ろすのも大儀そうだ。

「昨夜はどうも」

と、西嶋が言う。

「お疲れ様です」

厚田が麦茶を差し出すと、

「いつもながら気が利くこと」

妙子は礼も言わずに缶を開け、ごくごくと一気に飲み干した。

「ご存じだと思うけど、検査結果はすぐには出ないし、死体検案書もこれからなので、大したことは話せないわよ？」

そう言って、妙子はチラリと厚田を見上げた。自分のテリトリーにいる間、妙子は厚田の妻ではなく、法医学者の卵である。その眼には激しい自我が燃えていた。

「玉川署に捜査本部が立ちまして、我々で凶器の特定を急ぐことになったんですが」

厚田の後ろから西嶋が言う。

「現場からも、周辺からも、今のところ凶器は出ていないものでして」

「そういえば、犯人は屋外で電話線を切ってから侵入したんですってね」

妙子は物の隙間を探して缶を置き、片手で髪を掻《か》き上げた。もう片方の手はお腹をさすっている。張っているのだと厚田は思った。解剖室で腰掛けていたのはそのせいだろうか。

「今回の件は、両角教授に連絡したんですか？」

訊くと妙子は「いいえ」と答える。厚田の顔を見もしないから、今のところ連絡する気はないのだろう。

「傷口の話だったわね」

遮るようにそう言って、両手で髪を掻き上げた。指の腹で頭皮を摑《つか》み、力を込めて後頭部へ流す。頭がぼんやりした時に、彼女がよくやる仕草だった。

「写真は現像に回したばかりなの。でも、刃渡りが二十センチ前後、切っ先が鋭くて、ノドの部分にギザギザがついた凶器だと思うわ」

「ギザギザですか」

西嶋はわずかに目を見開いた。

「そう、ギザギザ。服もだけど、胸の肉に細かく剝《は》がれた形跡があったから」

くるりと椅子を回してから、妙子は真っ直ぐに西嶋を見上げた。

「執刀は新井助教授だったけど、私もそれを見ていたからね」

刑事は大抵目つきが悪いが、妙子は時々、その刑事でも怯《ひる》むほど鋭い眼差《まなざ》しをする。多分悪気はないのだろうが、見られた方はハッとして、叱られたような気分になる。

「悔しいけれど調子が悪くて……今回のあたしは役立たずだわ」

妙子はその眼で厚田を睨《にら》み、また西嶋に視線を戻した。

「でもね、傷を見て感じたことがある。犯人は凶器を使い慣れている。たぶん犯行のために用意したものじゃなく、愛用の品なんだと思うわ。だから捨てるはずない。見つからなくて当然よ」

「それはどういうことですか」

横から厚田が質問すると、妙子は厚田のほうへ椅子を回した。

「渡辺泰平の口には線維が付着していて、科捜研が持ってった。犯人はいきなり彼の口を塞《ふさ》いで、咽頭《いんとう》隆起を傷つけたんじゃないかしら。咽頭隆起を刺されると、呼吸できなくなって大きな声が出せないから」

「犯人はそれを知っていた？」

「でしょうね」

と、妙子は頷《うなず》いた。

「あの部屋に行ったとき、外れた受話器に血がついていたの。渡辺泰平は警察を呼ぼうとして、でも、できなかった。床の血溜《だ》まりは彼のもの。彼はその場に倒れて妻や子供が襲われる音を聞かされ、それからリビングに犯人が空けた場所に引きずられていった。その時はまだ息があって、オモチャのバケツに血を汲《く》まれたの。直接の死因は胸を裂かれたことによるショック死だから」

「え、頸動脈《けいどうみゃく》を切られたことによる失血死じゃないんですか」

たしか鑑識官はそう言っていた。

「そうじゃない。胸よ」

そこで彼女は唇を嚙《か》み、

「……たぶん母親もそうでしょう。子供たちも」

と、付け足した。

「犯人は服の上から被害者の胸に手を当てて、心臓の位置を探っていた。そうして胸を裂いたのよ、容赦なく……それから胸部をひらいて鉄アレイで肋骨《ろっこつ》を折った。心臓を取り出すためにね。心臓は、取り出せればよかった。潰《つぶ》れていてもかまわなかった。いったいなんなのかしらね、クソ野郎だわ」

現場の惨状を語ってから、彼女はやりきれないというように頭を振った。

検視とはそういうことだ。遺体の状況を確認し、細大漏らさず記録する。彼女はさらに、司法解剖もしたかったはずだ。だから、遺体の重さを量り、写真を撮って衣服を剝ぐ。そういう作業にも立ち会った。一晩中、身重の体で。

男の厚田にはよくわからないのだが、母親が残忍な記憶に晒《さら》された場合、それが胎児に悪影響を及ぼすことはないのだろうか。まして父親はあのジョージ……

それは子供には関係のないことじゃないかと、厚田は自分を戒めた。妙子はじっと自分を見ている。

「どの被害者も首の傷はきれいだったの。ギザギザの痕跡《こんせき》は胸を裂いたときの衣服や胸にあっただけ。犯人は凶器を使い慣れてる。とにかく使い慣れているのよ。そうでなきゃ……」

彼女はそこで言葉を切ると、自分に言い聞かせるようにゆっくり言った。

「失血死しない程度に切るなんてできない」

「え……先生。すぐ死なないように手心を加えたって言ってるんですか？」

「そうよ」

妙子は怒りに燃えている。何が起きたかを知るにつけ、消すことのできない怒りに魂を炙《あぶ》られて、それで体調を崩していたのだ。厚田もまた、背骨と心臓のあいだを冷たくて熱い何かで刺し貫かれた感じがした。恐らくこれを戦慄《せんりつ》と呼ぶのだ。

「そっちこそ、バケツの血はどうだった？　調べたの？」

妙子は西嶋に目を向けた。

「あたしから情報を取るだけだなんてフェアじゃないわ。科捜研で調べたんでしょ？」

何のことかと西嶋を見ると、彼は坊主頭をポリポリ掻いて、捜査手帳をゆっくりめくった。

「あー……先生が言うように、複数の血が混ざっていたらしいです」

「やっぱり……そいつは悪魔よ」

妙子が唇を噛んだので、厚田はゴクンと空気を呑《の》んで、西嶋を見た。

「どういうことです？　複数の血？」

西嶋は何も言わない。妙子は一瞬強く目を瞑《つぶ》り、メガネを外して白衣で拭《ふ》いた。

「犯人は、被害者の血をバケツに汲んで混ぜたのよ。そもそも一人分の血液で、あんなに大きな円は描けない……」

もっと何かを言おうとしたが、言葉にするのもおぞましいのだろう。彼女は肩を震わせて深呼吸した。複数の血液を混ぜたって？　それはつまり、瀕死《ひんし》の妻や、恐怖に怯《おび》えた子……厚田は思わず頭を振って、犯行の想像を打ち消した。

「傷口の資料はいつ頃もらえそうですかねえ？」

抑揚のない声で西嶋が訊《き》く。その声は、動揺に打ちのめされそうになっていた厚田を現実世界に引き戻した。

妙子はメガネを手に持ったまま、目頭を揉《も》んで、静かに答えた。

「なるべく急ぐけど、でも、まだ、慎二ちゃんの司法解剖が残ってる」

もうたくさんだ。厚田は思わず声を荒らげた。

「身重の先生が関わらなくても、新井助教授に任せておけば」

「どうしても立ち会いたいの」

妙子は燃えるような眼で厚田を睨み、

「あんな現場を見せられたのよ。当然でしょ」

と、言い放つ。

「無茶ですよ。ねえ、クラさん？」

厚田は西嶋に助けを求めたが、西嶋の朴念仁は捜査手帳に鉛筆の先を載せたまま、一文字も書かずにぼんやりしている。厚田の問いにも答えることなく呟《つぶや》いた。

「電話線の切断面にもギザギザの痕跡があったから、同じ凶器を使ったんでしょう。いやどうも、検案書ができる頃にまたお邪魔します」

ガンちゃん、と西嶋は言って、ふらりと妙子に背を向けた。

「先生の空き缶を、もらってから行きますから」

西嶋を先に行かせると、厚田は妙子のデスクに手を掛けて、探るように顔色を窺《うかが》った。ハムエッグのことなんか、疾《と》うに忘れた表情だ。

「ガンちゃんって、誰のこと？」

厚田はそれを無視して言った。

「あんた、酷《ひど》い顔してますぜ。昨日は早く帰るって」

「帰ろうと思ったけど状況が変わって、検査技師の仕事を手伝っていたのよ。町田さんと違って、まだ要領が悪くって……」

それでグズグズしていたら、警視庁から電話があったのだと説明する。

「仕方ないじゃない。ここにはあたししかいなかったんだから」

「だからって、ノコノコとあんな現場へ出て行くことはないでしょうが」

感情を押し殺そうとしたが、声に出た。

「あんな現場だとは思わなかった」

妙子は頭にくるほど冷静だ。そりゃそうですが、と厚田は唸《うな》り、一番言いたかったことを言った。

「少しは考えないと、自分一人の体じゃないんだ」

「だからこそよ」

と、彼女は答えた。守るようにお腹を抱えている。

「どんな冷血漢か知らないけれど、子供を二人も殺してるのよ。渡辺菜央と、渡辺慎二。あの子たちの顔を、あたしは見たの。叫び声を聞いたのよ」

厚田は床に跪《ひざまず》き、見上げるようにして妙子の両腕をがっちり押さえた。彼女は震えていなかったが、その腕は燃え上がる怒りで汗ばんでいた。

妙子は、まるで泣くのを堪《こら》えるように声を潜めた。

「ごめん。正確な表現じゃなかったわ。死体は叫んだりしないけど、現場でそれを感じたの。恐怖と……混乱と……ああもう、上手《うま》く言葉にできない。でも、感じたのよ。許せると思う？　犯人は子供の……オモチャのバケツで血を受けたのよ。あんなこと……あんな……」

「わかります」

わかりますよ、と厚田は言った。言いながら、優しく妙子の腕をさすった。

「俺たちが犯人を捕まえます。だから先生」

「目が合ったのよ。二人の子供と」

そのとたん、妙子の目から、つーっと二筋の涙が流れた。涙は顎《あご》の先で水滴になり、膨らんだお腹にポツリと落ちた。今だから余計に、この人は動揺しているのだと厚田は思った。お腹の命が子供二人に重なるのだろう。

「とにかく体をいたわって下さい。新井助教授を信用して」

「……新井助教授は執念深くない……両角教授とは違う、あたしとも」

「なら、両角教授に連絡を」

「たった三日のバカンスでしょう。せっかく奥様と過ごしているのを邪魔するなんて。それに……正直に言うと、そうじゃないの」

妙子は両手を拳《こぶし》に握り、それから指を開いてマッサージを始めた。

「ずっと男社会でやってきたのに、妊娠を理由に仕事を放り出したくないのが本音よ。これだから女は、って言われるのが厭《いや》なのよ。私はそんなに無能じゃないわ」

「そんなこと言ってんじゃないでしょうが」

「これは私の案件よ」

妙子は厚田を遮った。何を言っても聞きやしないのだ、この人は。

厚田は深いため息をついた。

「先生。俺も捜査で、しばらくは帰れなくなると思いますが」

男社会で妙子がどんなに奮闘してきたか、厚田はよく知っている。望まぬ妊娠がキャリアに障ることも、それでも彼女が産むことを選んだ理由すら。日々死体と向き合う彼女だからこそ、妙子は容易に退かない。それが彼女の業で、個性だ。

「本当に大丈夫なんですか？　俺にはその……お腹の様子も、先生の体調もよくわからないんで、だから余計心配になっちまうんですが」

「大丈夫」

涙を拭《ふ》いて妙子は笑った。

「妊娠は病気じゃないし、女は出産できる体に創られているんだから」

細い指を厚田の手に掛け、妙子は白い歯を見せた。それで厚田は仕方なく、立ち上がって麦茶の空き缶を手に取った。

「それじゃ、まあ……何かあったら連絡下さい。ポケットベルに」

個人的な連絡が欲しいとき、ポケットベルに表示されるのは『110』だ。その場合は、続く番号へ電話するのが二人の取り決めになっていた。

「わかった。そっちも気をつけて」

厚田は立ち上がって、デスクの隙間から抜け出した。死因究明室を出るときにもう一度振り返ってみると、妙子は同じ姿勢でデスクに座り、体を捻《ひね》って厚田を見送ってくれていた。やや大胆に広げた足に、お腹がスッポリ納まっている。美しく足を組もうにも、お腹が邪魔で組めないのだろう。

厚田は小さく息を吸い、それを吐き出してから出ていった。

# 第二章　特殊な凶器

新井助教授の名前を冠し、凶器の情報が玉川署にもたらされたのは二日後だった。妙子の名前はどこにも記されていなかったが、微に入り細を穿《うが》った書類を見れば、誰がまとめたものか厚田にはわかる。今頃、バカンスから帰った両角教授は、妙子にせっつかれて新井助教授がまとめたデータを検証し直していることだろう。体調不良で検視しかできなかった妙子が死者と語る術《すべ》はもう、データの細やかな解析にしか残されていないのだ。

凶器の情報を手にした厚田は西嶋と都内を聞き込んで歩いたが、めぼしい情報は得られなかった。そんなおり、ナイフの専門誌があると知らされた。

向かい合ったデスクとデスクが、それぞれに書類まみれの部屋だった。ひっきりなしに電話が鳴って、誰かが怒鳴り、誰かが駆けて行ったかと思えば、また誰かが入って来る。頭上を行き交う大声に苦笑しながら、厚田と西嶋は狭くて貧相なテーブルに着いていた。テーブルには灰皿が置かれ、山盛りの吸い殻がこぼれている。

「やあ、お待たせしてすみません」

ポロシャツの胸をまさぐりながら男が一人やってきて、立ち上がった西嶋に名刺を渡した。胸ポケットに直接入れていたらしく、擦《こす》れてエッジが曲がっている。

『コアモノマガジン編集部・編集長　藤田隆《ふじたたかし》』と書かれていた。

「ナイフを探しておられるそうですね」

藤田は手近なデスクから椅子を引き寄せて、厚田と西嶋のはす向かいに座った。応接用ソファは向かい合わせに二つあるものの、一つにはゲラや色校を入れた段ボール箱が積み上げてあって座れないのだ。

「ナイフというか、特殊な切り口の刃物をね。こちらなら、そのあたりにも詳しいのじゃないかと思いまして」

捜査手帳を出しながら、温厚な声で西嶋は言う。

アメ横あたりの刃物屋を当たっているときに、店主が教えてくれたのだ。ナイフのことなら専門誌を出している出版社に聞くのが早いんじゃないかと。

「何かの捜査なんですよねえ？　警察官の一家が殺されたという、あれですか」

探るような声で藤田が訊《き》く。この会社はゴシップ雑誌を出していないが、個人的な興味があるのか、それとも業界では情報の売り買いがあるのかもしれない。今のところ、現場に血のサークルがあったことはマスコミに伏せているのだが、それを差し引いてもセンセーショナルな事件であることは間違いない。

「ええ、まあ」

西嶋は身を乗り出してニタリと笑った。巨体に載った丸い頭が大仏にも似たフォルムだからか、笑顔に妙な迫力がある。厚田は黙って二人を見ていた。

「ノドの部分にギザギザがついた刃渡り二十センチ前後の刃物を探しています。道具街なんかを当たってみたんですが、なかなかこれというのに出会わなくてですね」

「ふーん」

藤田は耳の後ろを掻《か》きながら西嶋の名刺を見つめていたが、ふいに後ろを向いて、

「坂木《さかき》、おーい」

と、呼びかけた。厚田の位置から室内は見渡せないが、誰かが呼びかけに答える気配もない。だが、しばらくすると、穴倉に三年も棲《す》んでいたような風体の男が、のっそりと藤田の背後に現れた。

「弊社でライターやってる坂木です。コアマガの刃物特集はこいつが担当してるんで

すよ」

藤田はそう言って席を立ち、自分のいた椅子に坂木という男を座らせた。

坂木はのそりと椅子に掛けたが、そのまま何も喋《しゃべ》らない。厚田らに頭を下げるわけでもなければ、名乗りもしない。まして名刺を差し出すこともない。ボサボサの髪が四方八方に伸びていて、汚れたミリタリージャケットの肩に白くフケが積もっていた。

「玉川署の刑事さんたちだ。ノドの部分にギザギザがついた刃渡り二十センチ前後の刃物を探しているんだってさ」

頭の上から藤田が言うと、坂木は少しだけ首を沈ませた。どうやら会釈のつもりらしいが、前髪の下からオドオドとした目がのぞき、人物としての印象はすこぶる悪い。

「……そういうナイフは結構あって……」

不自然に間をあけてから、坂木はボソリとそう言った。

「ちなみに、ギザギザのことをセレーションといいます。ロープや服を切りやすいようになってるんです」

西嶋の目が厚田に向いた。もしかしてこいつなら、と、思ったのがわかる。

「それって、どういう用途に使われる刃物なんですか」

「あー……うーん……」

坂木は唸《うな》りながら、片手でボリボリ頭を掻いた。オリーブ色のジャケットに、またフケが積もっていく。

「編集長、あれ……コアマガの八月号ってありましたっけ？　戦闘ナイフの特集を組んだときのヤツなんですけど……えー……」

片手を頭に置いたまま、スローモーションのように立ち上がろうとするのを見て、厚田先に藤田が立って行った。編集長がライターに遣われるというのも妙な話だが、厚田でもやはりそうするだろう。坂木という男に任せておいたら、目当ての雑誌がいつ出てくるかわかったもんじゃない。坂木はまったく気にすることなく、西嶋の方へ頭を向けた。頭は向けるが、俯《うつむ》いたままなので表情はわからず、頭頂部が見えるのみだ。髪は多いが数年で禿《は》げ上がりそうな腰のなさだと厚田は思う。

「戦闘用のナイフにならべ、似たものがあるってことですか？」

訊くと、坂木は微《かす》かに肩を揺らした。

「サバイバルナイフにだってありますよ」

床に向かって喋る感じでボソリと答える。厚田と西嶋は顔を見合わせた。

「戦闘用ナイフとサバイバルナイフはどう違うんで？」

「重さかなあ……主には。あとブレードの粘度……でも、グリップも大事なんですよね、滑ると自分が怪我をするから」

開いた両膝《りょうひざ》に腕を入れ、坂木は爪の甘皮を剝《む》いている。そうでないときは頭を掻いてフケを落として、膝に落ちたのを払っている。編集長は大変そうだ。

「ほらよ」

ややあって、藤田が雑誌を持って来た。『コアマガHAMONO八月号・ファイティングナイフ特集』と銘打った雑誌を編集長から受け取ると、坂木はほんのツーアクションで目指すページを開いてみせた。テーブルにあった汚い灰皿を厚田が寄せて、できた隙間に雑誌を広げる。そこには切れ味が鋭そうなナイフの写真が並んでいた。セレーションがあるものないもの、刃渡りも形状も、仕様は様々だ。

依然として俯いたまま坂木が言う。

「そもそも戦闘用のナイフって、日本刀でチャンバラやるような感じには作られていないんですよ。背後から敵を襲って、どれだけ速やかに喉《のど》を突けるかっていう……上《う》手《ま》くやれば数秒で、敵は意識を失うそうです」

相手が意識を失わないよう手心を加えた犯行を知る厚田には、一撃必殺を目論《もくろ》む傭《よう》兵《へい》の方がずっと人間らしく思われた。

「闘う場合もそうだけど、随時携帯するから重くないほうがいいですし、でも、薄くすると強度も弱くなっちゃって、だから粘度が必要なんです」

坂木の説明は音声テープを聴いているように抑揚がない。

西嶋が訊いた。

「刃渡り二十センチ前後ってのは、こういうナイフの普通の大きさなんですか？」

「うーん……どうだろう……」

坂木はちょっと頭を振って、

「フェアバーン・サイクスの初期モデルなんかは、刃渡り十四センチ程度だったみたいだし、現状のものでも十八センチくらいですかね。二十センチ前後というのは大きい部類かもしれない。二十三センチという長さのもあるんですけど、大きすぎると邪魔になるし、実践向きとはいえない気がします。それに、刃渡り十五センチを超える刀は銃刀法違反になっちゃうでしょう？　国内に流通しているかといえば……」

と、西嶋の顔色を窺《うかが》った。

「雑誌の記事や取材を問題にしたりしないから」

西嶋はまた大仏顔で微笑んだ。はっきり言って不気味な笑みだ。

「こういうナイフを、もし、手に入れようと思ったら、ルートはあるの？」

「うーん……」

と、坂木は小首を傾げた。

「じゃ、雑誌に載ってるナイフはどうよ？　現物を撮影したんでしょ」

「いえいえ。これはメーカーから写真を送ってもらったり、向こうのカタログを手に入れて、そこから写真を抜き出したりしたんです。現物を撮影したものじゃなく。な？　そうだよな？　坂木」

藤田編集長が頭の上から助け船を出したのだが、坂木はまったく意に介さない。首を左右に傾けながら、入手ルートについて持論を唱える。

「正規ルートで輸入するのは無理だから……国外へ出たときこっそり持って帰ってくるか……あとは、どうかなあ。横田《よこた》基地あたりへ行って、外国人に聞いた方が早いんじゃないですか？　軍人とかに」

「なるほどね。なら、このナイフの中で、うちの条件に合致するのはどれだと思う？　掲載品の中にあるかなあ」

坂木は雑誌を引き寄せて、膝の上でパラパラめくった。

「刃渡り二十センチ前後でセレーションのあるナイフなんて、それこそいろいろあるからなぁ……その条件だけじゃ、絞りようがないですね」

「例えばどんなことがわかればいいですか」

「一番いいのは全体像やプロポーションがわかることだけど、それが無理ならブレードの厚みとか、形状とか、あとは、そうだな、使い方とか」

厚田は捜査手帳を出した。情報を与えていいかと西嶋の顔色を窺うと、頷《うなず》いたのでページをめくった。被害者の胸を切り裂いたとき、背骨に達して残されていた切っ先の形状が描かれている。それを坂木に示して厚田は言った。

「先端は十文字に近い形状でした。あと、突くだけでなく、引き切ることにも長《た》けていたようですが」

「ダガーナイフほど先が鋭くないのかな、で、セレーションがあるんですもんね。突けて、切れて、セレーションもある……『カラテル』かなあ」

「カラテル？」

西嶋が訊く。

「ロシアの軍事特殊部隊が使っているナイフだってことですが」

坂木の後ろで藤田が答えた。

「でも、雑誌には掲載していません。写真が手に入らなくて」

言いながらデスクへ戻って行く。やはり俯き加減のまま、坂木が後を引き継いだ。

「セレーションの位置やあるなしを含め、カラテルにはデザインの違う製品が何種類かあるんです。全長が二十七、八センチだってことだから、グリップ部分を差し引くと、刃渡りは二十センチもないんじゃないのかなあ」

「ああ、刑事さん。これ」

藤田が持って来たのは写真ではなく、拙《つたな》い線で描かれた図形のようなものだった。あまり上手い絵ではないが、ナイフの形状は想像できる。どちらかというと無骨なフォルムで、先端は両刃。ブレードのボディ上下がそれぞれ窪《くぼ》み、片面には粗いギザギザが、もう片面には細かな溝が切ってある。

「やっと手に入ったのがスケッチだけで、結局雑誌に掲載するのは諦《あきら》めました」

立ったままで藤田が言う。西嶋がスケッチを眺めていると、坂木が手を伸ばして一部を指した。

「この部分がセレーションで、先端は両刃。突くことができるし、この面で」

と、指先でブレードの広い部分をなぞる。

「切ることもできる」

ううむ。と、厚田は思わず唸《うな》った。

「ナイフマニアはけっこう多いし、サイズ表を手に入れれば自作も可能じゃないかと思うんですよね。もちろん公にはしないでしょうが」

頭の上から藤田が言う。

「山仕事をする人は自分で刃物を打ち出すといいますし。日本刀の技術を持った国ですから、流通しないまでも、探せばオリジナルの刃物を持つ人は相当いるんじゃないのかな。いくら銃刀法があってもね。その中で一本のナイフを探すのは、容易じゃないと思いますがね」

たしかに藤田の言うとおりだが、それが刑事の仕事ならやるしかない。厚田の脳裏には渡辺一家が惨殺された光景が焼き印のように押されていた。

「これ、コピーしてもらえないかなあ」

西嶋はスケッチを藤田に渡し、返事も待たずに「ご協力感謝します」と頭を下げた。藤田はやれやれという顔で、またデスクのほうへ戻っていった。

坂木はやはり俯《うつむ》いたまま、爪の甘皮を剝いている。どの爪もギザギザになっているから、爪を嚙《か》む癖もあるのだろう。厚田は坂木から目を逸《そ》らした。こういう輩《やから》が戦闘用ナイフの記事を書いているということに、背筋が寒くなるような気がしたからだ。

スケッチのコピーを受け取ると、藤田と坂木に礼を言って、コアモノマガジンの編集部を出た。雑居ビルの隙間に見える空はいつの間にかどんより曇って、冷たい風が吹いている。降って来そうだと厚田は思い、前をゆく西嶋の巨体を追いかけた。スーツの上着が風を孕《はら》んで、丸い頭が背中の奥に沈んでいる。遠くの空で稲妻が光り、ややあってから雷鳴が轟《とどろ》いた。二人とも傘を持っていない。なのに西嶋は小走りにもならず、悠々と大股《おおまた》で歩いて行く。

「西嶋さん、急がないと一降ってきそうですぜ」

と言いかけたとき、ピー、ピー、ピー、と、胸でポケットベルが鳴った。表示されているのは110、妙子から『連絡乞《こ》う』の合図だった。

「ちょっとすみません。電話を一本かけさせて下さい」

西嶋の前に出てそう頼み、追い抜いて公衆電話を探す。通りの先にコンビニが見えたので、厚田はそちらへ走って行った。

雷がまた鳴って、ポツン、ポツンと雨が当たった。コンビニ前の公衆電話に小銭を入れて、ポケベルに表示された番号をプッシュする。番号は死因究明室のものだったが、電話に出たのは妙子ではなかった。

「はい。東大法医学部の両角研究室です」

両角教授の声である。

「厚田です。いつもお世話になっております。あの……先生を」

「ご主人、大変なんですよ」

と、両角教授はいきなり言った。

「さっき石上君が病院へ行きまして。胎動が止まってしまったと言って」

「え……？」

状況が呑《の》み込めないままに、厚田は間抜けな声を出した。妙子がかかっているのはキャンパスの隣にある東大病院だ。両角教授は先を続ける。

「あなたにお知らせした方がいいと言ったんですが、今は捜査中で忙しいはずだから、検査の結果を待って連絡すると。でもね、たとえ妊娠後期でも、事故が起きることはあるわけで」

「事故ってなんです？」

「事故は事故ですよ。胎動が止まったっていうんだから、それは大変なことでしょう。本人は電話できないだろうから、私がね、こっちも心配しているところなんです」

両角教授に礼を言っていると、降り出した雨に濡《ぬ》れながら、西嶋がコンビニに辿《たど》り着いた。ハンカチで肩先を拭《ぬぐ》って店内へ入っていく。

厚田は電話を切って西嶋に続いた。

「すみませんでした」

雑誌コーナーの前にいたので声をかけると、

「署から?」と、訊かれた。

「いえ。そうじゃなく、女房が」

「ああ……ガンちゃんは新婚さんだったもんね」

ゴシップ記事ばかり掲載する週刊トロイを手に取って、西嶋は呟《つぶや》く。トップ記事はやはり警察官一家惨殺事件のようだ。西嶋は雑誌を小脇に抱えると、菓子パン売り場へ移動した。

「激励の電話?」

迷うことなく粒あんパンを、少し考えてからジャムパンも手に取った。

「や。赤ん坊が動かなくなって、病院へ行ったと」

「動かないって?」

「まだ産まれてもいないんですがね。お腹にいるんで」

「そうなの。いま何ヶ月?」

「九ヶ月に入ったところです」

飲み物コーナーへ移動していくので、厚田もカレーパンをひったくって西嶋を追う。

「病院どこ?」

「東大病院です」

「……ついに降ってきちゃったか……」

西嶋がゆっくり顔を上げたのでそちらを見ると、雨が激しくなっていた。降り込まれた客たちが次々に店へ駆け込んでくる。西嶋はコーヒー牛乳を手にレジへ向かい、会計を済ませると、再び雑誌コーナーへ戻ってあんパンの袋を開けた。立ち食いしながら雨に煙る外を眺めている。仕方なく厚田もその脇に立ち、カレーパンを齧《かじ》りながら缶コーヒーを飲んだ。突然の激しい雨は、自分の心中を映しているかのようだった。

「捜査本部が立ってさあ、しばらく帰れてないもんね。初産なんでしょ？　誰か奥さんについてるの？」

「いえ。独りだと思います」

それは大変だねと西嶋は言い、

「ガンちゃん、病院行ってきなよ」

と、厚田を見た。いいんですかと訊く前に、

「ぼくは赤坂《あかさか》のプレスセンターへ寄って、米軍関係者から戦闘用ナイフの情報を仕入れてくるよ。ガンちゃんは病院で聞き込みすればいい」

つまり妙子の様子を見てこいと言っているのだ。ありがとうございますという代わりに、厚田はわかりましたと頭を下げて、西嶋が二つめのパンを剝《む》く前に店を出た。

雨は容赦なく降っていたが、少し走れば地下道がある。革靴が濡れるのもかまわずに、厚田は妙子の許《もと》を目指した。

ざんざん降りの雨が玉になって車窓を転がっていく。地下鉄を乗り継ぐ間にも、雑踏を行き来する人々に厚田の視線は向けられた。犯人は、人混みに紛れていましも自分とすれ違ったかもしれない。あの残忍な犯行は何を目的としたものなのか。それがわからないから厚田は不気味で心が騒いだ。怨恨《えんこん》、トラブル、快楽、嫉妬《しっと》、それから貧困……殺人には理由があって、複合的に不幸が重なり発生する。けれども稀《まれ》に『そんな理由で』と思うような事件が起きて、刑事たちを震撼《しんかん》させる。『そんな理由で』起きる事件は、どう防いだらいいかわからないから恐ろしいのだ。

今回の事件もそうだ。少なくとも、被害者の血をバケツに汲《く》んで、それで何かを描くような酷《むご》い事件は聞いたこともない。なぜ、どうして。厚田はそれを知りたかった。

電車がホームに滑り込む。扉の前で待つ人々や、外に出るため出入り口に向いて立つ乗客を、厚田は刑事の眼で眺めている。後ろめたい事情を持つ者は、視線の動きに特徴がある。犯罪捜査に関わる者は、一瞬すれ違っただけでもそれに気がつく。濡れた傘を提げて人々が降り、降りるのを待って人々が乗る。

次の電車を乗り継ぐと、厚田は人ごみに押されて車両の奥へ移動した。

被害者一家の人間関係を捜査しているチームにも、未《いま》だに有力な情報がないという。渡辺一家はトラブルもなく、借金もなく、近所の評判も良好で、職場での評価も低くない。夫が管理していた証拠品保管庫から現金が消えた件については調査中で、間もなく査察官が事情を訊くことになってはいたが、夫が現金を紛失、もしくは着服したという証拠は何もないという。

聞き込み捜査チームには不審人物の目撃情報が数多く寄せられているのだが、あまりに情報が集まったために、一つ一つを検証するのに膨大な時間を費やしている。

この頃になると、『世田谷区等々力住宅地における警察官一家猟奇的殺人事件』は、警視庁内部で『魔法円殺人事件』として知られるようになっていた。

事件の異様さは周知されても、語源となったサークルの意味を追うチームもまた、有力な手がかりをなにも得られずにいる。信じられないことに、魔法円のような図形は意味を持たないデタラメの可能性が高いというのだ。当初は悪魔崇拝やオカルトを狂信する者の犯行ではないかという憶測も飛んだのだが、詳しく調べていくにつれ、専門家たちは頭を傾げているらしい。

吊革《つりかわ》を摑《つか》んで立つ厚田の前に、小さな娘を膝《ひざ》に抱いた若い夫婦が座っていた。子供は終始ご機嫌で、長靴を履いた足をバタバタさせる。

「いい子でね」

と母親が、長靴を押さえて娘を諭した。

「濡れたお靴からお水が飛んで、お兄ちゃんのズボンを濡らしちゃうから」

子供は口をすぼめて厚田を見上げ、クルリと体を翻して父親の首にかじりついた。

「すみません」と頭を下げた母親に、「いいんですよ」と微笑みながら、厚田は急に不安になった。子供の姿が突然妙子に重なったのだ。こんな時ですら、何を心配すればいいのかわからずに、男はオロオロするばかりだ。厚田はポケットベルを出して履歴を確認してみたが、あれ以来呼び出しは来ていなかった。

ホームの売店で安いビニール傘を買い、ようやく病院に辿り着いたまではよかったが、赤ん坊も妙子の様子もなにひとつわからぬままに、厚田は産婦人科のロビーで待たされた。

入院患者が休憩室として使うロビーには、安っぽいテーブルとビニール椅子、自販機と公衆電話とテレビがあって、夕方のニュースが流されていた。警察官一家惨殺事件は今夜もトップで報じられ、一向に進展をみせていないとキャスターが告げて画面は変わった。

「お待たせしました。厚田妙子さんのご主人ですね？」

ややあって、ようやく看護婦が一人やって来た。

「はい」と答えると、

「残念ですが」と彼女は言って、頭を下げた。

「お腹の検査をしたら、もう心臓が動いていなくて。赤ちゃんはすでに亡くなっていたようでした」

「えっ」

頭の天辺《てっぺん》から足下に向けて、すうーっと冷たいものが抜け出た気がした。

「亡くなったって、子供がですか？」

「子宮内胎児死亡は、妊娠後期でも起きるんですよ」

「どうして」

「原因は産んでみないとわからないんです。結局わからないこともありますが、出産後に胎盤を病理検査に出しますので、結果を待ってお答えします」

看護婦は同情を見せながらも事務的に言った。

「書類にサインを頂きたいので、来て下さい。時間が経つと赤ちゃんが腐って母胎に悪影響を及ぼしますから」

何を説明されているのかよくわからなかったが、先日まで元気に動いていた赤ん坊を『腐る』と表現されたことだけが、厚田の胸に棘《とげ》のように引っかかってきた。

赤ん坊が死んでいる？　彼女の中で、産まれることなく。

薄いピンクに塗られた廊下を、厚田は看護婦について進んだ。看護婦は厚田を病室に案内したが、ドアを開けると、病衣に着替えた妙子がベッドで上体を起こしているのが見えた。

「……先生」

呼びかけるまでもなく妙子は厚田を待っていて、複雑な顔で微笑んだ。

「話は聞いた？」

「はい。赤ん坊が……」

厚田はなぜかその先を言えず、

「本当なんですか」

と、妙子に訊《き》いた。

「残念だけど、そうみたい」

妙子は優しくお腹をさすり、

「すぐに出してあげないと、胎児は脳から溶けていくのよ」

静かな声でそう言った。

「すぐに出してあげるって……？」

お腹を切るのかと思って訊くと、

「今から産むの。強制的に陣痛を起こして、この子を外に出してあげるの」

あまりに静かな瞳《ひとみ》のままで、妙子は唇の両脇をきゅっと上げた。

「厚田刑事。書類にサインをお願いします」

——事故は事故ですよ。胎動が止まったっていうんだから、それは大変なことでしょう——

両角教授の言うとおりだった。

厚田はなぜか両角教授を引き合いに出して、この事態を理解しようとしていた。

何もかもが突然で、一切合切が空々しくて、何をどう解釈したらいいのかわからない。父親になり損ねた実感だけが生々しくて、赤ん坊よりむしろ、母親になれなかった妙子のことが心配だった。いや。ちがう、そうじゃなく、妙子はすでに母親だった。胎内に命を宿したと知ったときから、彼女はずっと母親だった。それなのに……

厚田は妙子の悲しみが、自分を浸蝕《しんしょく》していくような気持ちがした。

雷雨はいつしか上がったらしく、病室の窓に差し込む夕陽が、妙子を金色に照らしている。失われた胎動を懐かしむように項垂《うなだ》れて、彼女は頰を大きなお腹に近づけた。なんで、どうして、厚田は答えを知らないが、自分たち二人が大きなものを失ったことは理解していた。二人の会話が一瞬止まると、

「では、ご主人様はこちらへ」

と、看護婦が厚田を誘った。妙子は顔を上げ、厚田を見て頷《うなず》いた。

「ごめん。それと……」

また笑うように唇を歪《ゆが》める。

「女は赤ん坊を産めるように創られているって言ったけど……あれは私の傲慢《ごうまん》だったわ」

何を言ってやればいいのか。厚田は妙子のそばに寄り、肩を抱こうとして、それもできず、腕に手を置いただけで看護婦に誘《いざな》われていった。

本当に死んでしまったのだろうか。いますぐに出してやれば、救えるのではなかろうか。妙子と出会ってからの浅い日々、日増しに大きくなっていく妙子の腹を複雑な想いで見ていた日々が、厚田の脳裏を激しく過《よ》ぎる。

——胎児は脳から溶けていくのよ——

そう言うしかなかった妙子の心が、厚田は余計に堪《たま》らなかった。


男は分娩《ぶんべん》の痛みも苦しみも知る術《すべ》がない。激しい陣痛を経て我が子を抱く喜びも、想像するほかはない。妙子のお腹で着々と育っていた赤ん坊の存在感も、実感として厚田は知らない。ましてお腹の中で死んでしまった場合、それでもその子を産まなきゃならないなんて、考えてみたことすらなかった。

妙子は子供を産むという。葬るための出産は、どれほど虚《むな》しく、辛《つら》いだろう。せめて悲しみを分かち合う術はないのだろうかと、厚田は独り考え続ける。

分娩室の前の廊下に長椅子があって、厚田はそこで指を組み、妙子の出産を待っていた。廊下の奥から女の子を抱いた父親が来て、厚田の前をゆっくり通る。

赤ちゃんが生まれるのを待っていると思ったらしく、微笑んで、会釈していく。

あの女の子が生まれた時は、彼もこの場で待ったのだろうか。あの子に弟妹が誕生し、赤ちゃんに会いに来たのだろうか。父親の肩越しに、女の子がバイバイをした。小さく手を振り返しながら、厚田は、死んだ赤ん坊を彼女に重ねた。無事に生まれてきたならば、二年もするとあのくらいになっていたのだろうと。そして妙子の気持ちをまた想う。先生は辛かろう。九ヶ月も腹ん中にいたんだから。

両手で顔面をこすったとき、分娩中を示すライトが消えた。

出てきた医師が、立ち上がった厚田に会釈する。複雑な夫婦の事情を妙子から聞いていたらしく、赤ん坊と似ていない厚田を見ても動じなかった。

「首に臍《へそ》の緒が絡みついていました。それで窒息したようですね」

と、事務的に言う。

「奥さんは元気です。死産証書を出しますので看護婦から受け取って下さい。それと、今後の生活について注意事項を説明しますから、三十分したら相談室へ来て下さい」

言うことだけ言って医師が去ると、看護婦がドアを開けて厚田を誘った。

「ご主人も中へどうぞ。予後の確認がありますので、奥さんはまだお部屋を出られませんが、お話が済みましたら声を掛けて下さい。相談室へご案内します」

様々な機器が並んだ分娩室は薄暗く、中央に背もたれを上げた分娩台があって、妙子はまだそこにいた。病衣の前を大きくはだけ、裸の胸に生まれたての赤ん坊を抱きしめている。その姿があまりに神々しくて、厚田は一瞬動けなかった。

「厚田さん、ご主人ですよ」

看護婦が枕元で囁《ささや》くと、妙子はゆっくり顔を上げ、病衣の前を合わせてこちらを向いた。看護婦は部屋の隅に控えている。

力の限り息んだのだろう。妙子の顔には赤みが差して、汗まみれの髪が額にへばりついていた。両の瞳は黒々として、潤んだように濡《ぬ》れている。

「男の子だった……処置が早かったから、まだ、ずいぶんきれいだわ。せめて初乳をあげたかったけど、飲まないの。体が冷たい。眠っているみたいなのに、不思議ね」

妙子が言うので、厚田はようやくベッドに近づいた。赤ん坊は色白で、閉じた瞳も唇も、人形のようにくっきりしている。どこかの西洋画で見た天使にそっくりだ。不思議と、抱いてみたいという気は起きなかったし、本当の父親ジョージに嫉妬《しっと》する感情も起きなかった。これは誰の子かと問われれば、自分の子だとは言えない気がしたが、だからといって、悲しみはヒシヒシと厚田の胸にも迫っていた。

「きれいな子ですね。ほんとうにきれいだ。唇の形が先生に似ています」

ベッドの脇に白いバスタオルがあったので、厚田はそれを裸の赤ん坊に掛けてやった。指が触れたが、妙子の言うとおり冷たくて、それでも肌は柔らかく、金色の睫《まつげ》が濡れたように光っていた。妙子は赤ん坊をタオルでくるむと、頬をすり付けて髪の匂いを嗅《か》いだ。握り拳《こぶし》になった小さい手、むちむちとした足が彼女のお腹を蹴《け》ったり突いたりしていたことを思い出し、失われた命の尊さが実感として胸に迫った。

「先生……大丈夫ですか？」

俯《うつむ》いたままの妙子に訊くと、

「大丈夫」

と、妙子は答えた。

「でも、もう少しだけ、こうしていたいの。もう少しだけでいいから」

日々多くの遺体と向き合う妙子に、遺体が生きていた時の話をしたのは厚田であった。番号ではなく名前で呼んで、死ななければ続いていたはずの人生を想起させ、そうして、彼らのためにできることをしたいと訴えたのだ。検死官の妙子と刑事の厚田は、遺体から奪われたものを犯人に償わせるため、協力して捜査にあたった。解剖し、検査もし、できる限りのことをした。

けれども今、こうして妙子が赤ん坊を抱くのを見ると、この子を遺体と思うことはできなかったし、妙子もまたそうであるのは明白だった。遺体に対しては常に真摯《しんし》であろうとしてきたものの、厚田は初めて、遺族の想いに直接触れたように思った。

部屋の隅に目をやると、看護婦が厚田に頷いた。

手続きを進めたいと言っているのだ。

妙子はやはり顔を上げずに、子供を失った原因が自分にあると責めている。責めながら、折り合いをつけようともがいている。ベッドの下には盥《たらい》があって、出産時の悪血が溜《た》まっていた。九ヶ月の間、二人はひとつであったから、引き裂かれるときにはこんなにも血を流すのだ。そしてようやく分身となった今、この子は妙子の心に宿り、生涯、妙子の心に住み続けるのだ。

厚田は再び妙子に目を向けた。看護婦がなんと言おうとも、そばで妙子を慰めたいと思っていた。けれど妙子は目を閉じて、赤ん坊に頰を擦《こす》り付け、小さな拳の感触を味わっていた。冷たい体を胸に抱き、温めようと包んでいた。そこに厚田の入り込む隙はなく、ひとかたまりになった母子から、厚田は静かに締め出されていった。

分娩室の壁に掛かった丸い時計が、静かに時を刻んでいる。いかに時間が過ぎようと、この赤ん坊は成長しない。規則正しい秒針の音が厚田にそれを説いていた。

数日後。

石上家の菩《ぼ》提寺《だいじ》で赤ん坊の弔いを済ませたあと、墓地を出たところで妙子が言った。

「煙草をちょうだい」

彼女は都内から離れた田舎の寺に、子供を連れて行くことを望んだのだ。墓地は街を見下ろす高台にあって、爽《さわ》やかに風が吹きすぎる。二人だけの密《ひそ》やかな法要が営まれたのは、都内で桜の開花宣言が出された日のことだった。

駐車場へ向かう歩道で足を止め、厚田は自分の煙草を妙子にやった。手で風を避《よ》けながら咥《くわ》え煙草に火を点《つ》けてやると、妙子は深く吸い込んで、厭《いと》わしそうに目を閉じた。胸にためてから煙を吐いて、「ああ……美味《おい》しい」と、静かに呟《つぶや》く。

ちっとも美味しそうな顔じゃない。そう思いながら、厚田も自分で一本点けた。

「ずっと禁煙してましたからね、いっそクラクラするでしょう」

「少しはね。でも、おいしいわ。本当よ」

今日の妙子はハイヒールを履いている。腕を組み、二本の指で煙草を挟んで、次の煙を吐きながら、明日から大学へ戻ると言った。一学期中にやっておくべき仕事は多いし、そうでなくともセミナーや研究論文で忙しいからと。

赤ん坊を喪《うしな》った悲しみを多忙で埋めてしまおうという考えは、彼女らしい。厚田のほうも警察官一家惨殺事件に追われる日々で、今日は特別に休みをもらって子供の埋葬に来たのだった。風が吹いて、木立が揺れて、妙子のメガネに木漏れ日が照る。墓地も駐車場も閑散として、爽やかに春の匂いがする。二人があげた線香の香りも、時々風に漂ってきた。

「そっちはどうなの？　進展は？」

眼下の街を遠望しながら妙子が訊《き》いた。結局のところ、今回の事件では新井助教授と両角教授が表に立って、妙子は手を引いたのだ。そのことについて彼女は何も言わなかったが、悔しさと自己嫌悪が熾火《おきび》のように燻《くすぶ》り続けているのはわかっていた。

「凶器については、どうやら流通品じゃないってことがわかってきました」

「つまり、オリジナルの凶器だった？」

「かもしれません」

と厚田は、石畳に落ちた煙草の灰を靴底で均《なら》しながら言った。

「それならすぐに足がつくんじゃゃ？　ナイフを作る職人を探せば」

「え、まあ、そうなんですが」

厚田は髪を掻《か》き上げながら、

「ところがそこが問題でして。部品から刃物を作る金属に至るまで、ナイフの世界は奥が深くて……手始めにカスタムナイフのメーカーをしらみつぶしに当たってるんですが、凶器の全体像がわからないことには、雲を摑《つか》むような状態なんです」

捜査は、そのほとんどが徒労なのだと厚田は語る。けれど足を棒にして集めた膨大な情報が、あるとき不意に線でつながることがある。その線も、辿《たど》っていくと淡雪のように消えてしまうとしても、たぐっていくほかないのだと。

「先生が検視した現場。俺は翌日に入ったんですが、それでもね、あれを思い出すといたたまれない気分になるんですよ。あんなことをやりやがった犯人は、絶対に許せねえ。捜査本部の警官は、みな同じ想いでいますから」

「わかる……悔しいわよね。あたしは悔しくてたまらない」

眼下の街に吐き捨てるように、妙子はポツンとそう言った。

「なにがです」

「全部」

そう言うと厚田を振り返り、厚田の背後に広がる墓地へ視線を移す。

「たぶんあたしは傲慢《ごうまん》なのよ。なにがなんでも渡辺一家の司法解剖に関わりたかったの。こんなことになっちゃったけれど、いまもって、私なら見つけられた事実があったんじゃないかと、そう考えてしまうのよ。他の法医学者の先生たちを信用していないみたいに」

「わかりますよ。でも先生は十二分にやったんだから。万能な人間なんて」

「でも……そのせいで……」

妙子は平らなお腹に触れながら、厚田の言葉を遮った。

「あたしはあの子を殺してしまった」

「そんなふうに自分を責めるのはやめてください。医者が言ってたじゃないですか。臍《へそ》の緒が首に絡んだ事故だって」

一瞬だけ、視線が絡む。

妙子は拍子抜けするほど真っ直ぐで、静かに澄んだ瞳《ひとみ》をしていた。何かを見切ったような瞳の色だ。厚田の心に不安が湧いた。

「同情して欲しいわけじゃない。あたしはあなたに感謝してる」

厚田が部外者であるかのような言い方をする。

「同情なんて言い方は、先生、俺に対して失礼ですよ。俺はね、俺だって、あの子の親父になるつもりだったんだ。あんたは赤ん坊を亡くしたけれど、俺も未来の息子を亡くしたんです。同情なんて言い方は」

「ごめん、わかっているのよ。なのに、こんなふうにしか言えなくて……」

妙子は厚田を見つめ返した。

「悔しいのは、事件に関わる権利を失ったからよ。そんな自分が許せない。せめて、きちんと司法解剖をやれたなら、あなたと一緒に犯人に迫れた。法医学者未満が何を言うかと嗤《わら》われたってかまわない。私は犯人を許せないのよ。それなのに、途中で投げ出した仕事を挽回《ばんかい》するチャンスも、もうないなんて」

妙子は事件を憎んでいる。許せない自分が、許せない犯人に重なるからだ。

臨月でも検視に携わるのが検死官の業だというのなら、厚田も刑事の業を背負っている。そういうバカがいなければ、誰が彼らの怨《うら》みを晴らすというのか。

妙子と関わった事件では、二人は一心同体だった。一心に犯人を憎み、共に動いて犯人を追った。けれど今回の事件では、妙子は現場を外された。共通なのは犯行への怒りと、犯罪を憎む想いだけだ。

「あのクソ野郎を捕まえて」

妙子は地面に煙草を捨てて、ヒールの先で踏みつけた。

「今回のことでよくわかった。家族を司法解剖される遺族の気持ち。もしもあの子の死因が不明だったとして、あたしはあの子を解剖に回せたろうかと考えたらね……」

真っ直ぐに見返してくる妙子の瞳に、厚田はただ頷《うなず》いた。

「そんなこと、とてもできない……あたしにはできないと思ったわ」

彼女は小さくため息を吐いた。

「今までは、遺族の気持ちがわかってなかった。真実を知る為に行う司法解剖は正しいと、そんなことだけ考えていた。同意しなきゃならない遺族の悔しさ、悲しみが見えていなかった」

「覚悟のいることですからね。俺も先生と一緒です。家族を解剖……そうそう納得できませんや」

妙子は厚田に微笑んだ。

「大学に戻れば次のご遺体が待っている。あたしは決して今回のことを忘れないし、二度と途中で投げ出さない。あたしに向かって叫んでいた、菜央ちゃんと慎二ちゃんの目を忘れない。あたしは誰よりも執念深く、遺体の言葉を聞き取ってみせる」

細い指で吸い殻を拾うと、妙子は駐車場へ向かって歩き始めた。着ているのは白衣ではなく喪服だったが、検死官妙子が戻ってきたのだと厚田は思った。

あの人を妻の座に留《とど》めておくことは、難しいのかもしれないな。

厚田と妙子を楔《くさび》のようにつないでいたものが消えた今、懸命に切った結婚というカードの置き場所を、厚田は見失ってしまっていた。

車に乗る寸前、ピー、ピー、ピーとポケットベルが鳴り出した。二人同時に自分の機器を調べたが、鳴ったのは妙子のほうだった。

「死因究明室からよ。緊急みたい」

表示された数字を示して妙子は言った。その目で周囲を見渡して、駐車場の片隅にある公衆電話を指さした。

「ちょっと電話してくるわ」

小銭を探して電話のほうへ駆けて行く。厚田は先に車に乗って、妙子が戻って来るのを待った。こちらの様子を窺《うかが》いながら電話で話し、一分も経たずに電話を切ると、助手席に乗り込みながら妙子は訊いた。

「あなた、仕事は？」

「今日は休みで」

「なら、このあと病院へ寄ってもいいかしら」

「病院？　何かあったんですか」

「警視庁から死因究明室へ電話があったらしいのよ。サー・ジョージが拘置所内で首を吊《つ》ったって……」

と、静かに言った。

多忙を極めたせいで忘れかけていた悪夢が、厚田の脳裏に蘇《よみがえ》る。

妙子の恋人だったサー・ジョージ。彼は法医昆虫学の客員教授として東京大学に招かれて、両角教授の研究室で助手をしていた妙子と恋仲になったのだ。遺体に群がる虫の研究者として成果を上げる一方で、実の母親を殺害し、その死体で虫を育てていた。蛆《うじ》や、シデムシや、ハネカクシや、カツオブシムシを。

「幸い発見が早くて助かったらしいわ。精神鑑定を受けることになりそうだから、両角教授があたしにも来てくれないかと言っているのよ」

ジョージは眉目秀麗《びもくしゅうれい》なイギリス人で、学生にも人気が高かったと聞く。人好きのするタイプで如才なく、ユーモアを解し、快活で話し上手な男だったと。しかし、逮捕されてからは、未《いま》だに黙秘を貫いている。彼については本国に血縁者が見つからないということで、便宜上、彼を日本へ招いた両角教授が国内の身元引受人になっているのだ。ジョージは雑談にすら応じないのに、かねて妙子とならば話をすると訴えていたらしい。

「大丈夫なんですか？」

厚田が訊《き》くと、

「大丈夫って何が？」

妙子が返す。

「あいつに面会する義務なんて、これっぽっちもないですよ」

厚田は怒りを込めてそう言った。ジョージのせいで、妙子はおぞましい経験をさせられたのだ。それだけじゃない。妊娠して、その子が死んで……

「俺はね、先生のことが心配なんです、わかるでしょ？　もう忘れてしまったほうがいいんだ。あの外国人に関することは、先生のせいじゃないんだから」

「犬にでも咬《か》まれたと思えって？」

からかうような調子で妙子は言って、シートベルトをカチャリと締めた。

「会ってどうこうって気はないわ、もちろん男と女という意味で。でも、彼は優秀な法医昆虫学者で、彼にしかない技能があるから、あたしはね、サー・ジョージは、この先も必ず犯罪捜査の役に立つと思っているの。人間性と能力は分けて考えてもいいんじゃない？　少なくとも、彼なしには解決できなかった事件もあるでしょ」

「それはまあ、そうですが」

「厚田刑事」

助手席で体を捻《ひね》って、妙子は運転席の厚田に向いた。

「遺族の葛藤《かっとう》を知ったからといって、あたしは法医学者をやめたりしない。むしろ死体の声を聞き逃さないよう、今後はもっと慎重になるわ。今後はさらに、貴重なチャンスを無駄にはしない。サー・ジョージが犯人検挙に役立つのなら、あの人が変態だろうと殺人者だろうと問題じゃないの。我慢して彼と話をするわ。あの人が研究を続ける限り、あたしは法医学者として彼と付き合う、それだけのことなのよ」

そうはいっても、妙子は脆弱《ぜいじゃく》な心を持つ人間でもあるわけだ。今さら正気であの男と向き合えるとも思えない。厚田はそれを言うのだが、妙子は少しも引こうとしない。揺るぎのない眼に押されるように、厚田は車のエンジンをかけた。

駐車場を出るとき、妙子は顔を仰向《あおむ》けて、ルームミラーをじっと見つめた。何が見えるのだろうとバックミラーを覗《のぞ》いてみると、陽光に燦《きら》めきながら遠ざかる墓所が映っていた。ああそうか、と厚田は思う。妙子はいま、母親だった自分と決別したのだ。

いつだったか、彼女は厚田に『女なんかやめる』と宣言したことがある。

――へえ、じゃ、何になるんで？――

そう尋ねた厚田に彼女は答えた。

――執念深い検死官よ。初めからそのつもりだったけど――

厚田はハンドルをグッと握った。助手席に妙子の体はあるが、その心は紆余《うよ》曲折を経て、もう一度初めの場所へ帰ったのかもしれなかった。

# 第三章　少女とジョージ

両角教授が妙子を呼び出したのは、都内の大型病院だった。サー・ジョージが収監されていた東京拘置所は敷地内に専用病院を備えているが、彼はそこで応急処置を受けた後、より専門的な検査を受けるためにこちらへ搬送されたのだという。

一般患者が利用する病院へ喪服で行くのはよろしくないと、二人で相談した末に、厚田らは共にコートを羽織って院内へ入った。外来診療を終えた午後の病院は閑散として、ロビーを行き交うまばらな人々の間に両角教授の姿があった。教授は小柄だが太っており、顔も体も丸っこい。血色がいいので年齢よりも若く見えるが、本人はそれを嫌って、教授らしさを出すために四角いメガネを愛用している。スーツではなくラフなワイシャツにネクタイ姿。本日の天気に照らせばそれが正しく、コートを着込んだ厚田と妙子は少しばかり季節外れに見える。

「ああ、悪かったね石上君」

両角教授はそう言ってから、

「いや、今はもう厚田君だった」

と、言い直した。一緒にいた厚田に頭を下げる。

「取り込み中なのはわかっていたんですが、ご主人、この度はどうも、ご愁傷様で
……こんな時にお呼び立てして、申し訳ありませんでしたねえ」

「いえ。こちらこそ妻がお世話になって、ご心配をおかけしております」

夫らしく両角教授に頭を下げて、厚田は誘われるままロビーの長椅子に腰を下ろし
た。その隣に妙子も掛ける。

「石上君も、少しは気持ちの整理がついたようかね？」

両角教授はやはり旧姓で妙子を呼んだ。

「きみらしい顔つきに戻って来たよ」

「はい。明日から研究室へ戻ります」

大丈夫かねと訊くこともなく、「それがいい」と、両角教授は頷《うなず》いた。研究者同士、
心の傷の癒《い》やし方には共通する考えがあるのだろう。

「それで……サー・ジョージの様子はどうです？」

妙子が訊くと、両角はメガネを外してハンカチで拭《ふ》いた。

「首を吊《つ》ったのは三日前だそうだよ。ぼくのところへ電話が来たのは今日だけどね。上着をテーブルに縛りつけ、首に巻き付けた袖《そで》を自力で引いて死のうとしたそうだ」

「そんなこと、物理的に不可能でしょう」

「普通ならね。だが、実際彼は死にかけた。それもあって異常性に気が付いたんだろう。専門的な検査を受けさせることになって、連絡がね、ぼくが身元引受人だから。体のほうは大丈夫のようだが、意識があるのか、そうではないのか、表情もないし、言葉も発しないみたいだし。見えても聞こえてもいるようなんだが」

「私が話してみます」

キッパリと妙子は言ったが、その瞬間、右手を拳《こぶし》に握るのを厚田は見ていた。

「そうしてもらえると助かるよ。なんといっても今は犯罪者なんだから、一般病棟とは切り離されて、警備の警察官もついているようで、ぼくもまだ会っていないんだ。石上君を待ってからにしようと思って」

妙子は厚田の顔を見た。一緒に来るかと訊《き》いているのだ。

もちろん厚田もそのつもりだった。妙子と一緒に大学のコンドミニアムへ向かい、あのおぞましい光景を見たときから。屍骸《しがい》の指にあった高価な指輪が、妙子の指にはめられていたかもしれないと知ったときから。

そして、彼の逮捕に立ち会ったときから。

厚田はジョージを知っていた。初めは、妙子と同じ大学で法医昆虫学という新しい学問を研究する学者として。やがては、妙子とのただならぬ関係を匂わせてくる男として。どちらの場合もジョージは自信に満ちあふれた美男子であり、聡明《そうめい》快活で好印象だった。けれども重要参考人として出頭を求められたときのジョージは、奇妙で不気味な存在に思えた。その時のことを、厚田は決して忘れない。

ジョージの母親の変わり果てた屍骸を見つけた直後、厚田はすぐさま所轄に電話した。管轄区の警察官が到着するのを待つ間、憔悴《しょうすい》しきった妙子を守りながら、重要参考人であるジョージ・クリストファー・ツェルニーンの身柄確保の指示もした。彼は大学で講義中だったので、駆けつけた警察官に現場を任せ、聴取を受ける妙子を託して所轄の刑事と大学へ向かった。彼が確保されるところを妙子に見せるのが忍びなかった気持ちもあったし、現場に妙子がいたのを知れば、ジョージが妙子に怨《うら》みを抱く恐れもあったからだった。母親の肉体を虫の温床にするような男が、美しい仮面の下に何を隠しているのか、厚田には想像もできなかった。

コンドミニアムに向かうとき、妙子とヤブ蚊の話をしていたのだから、季節は夏だったと思うのだ。爽《さわ》やかに並木の影が落ちていたはずが、覚えていない。それなのに厚田はむしろ、鬱蒼《うっそう》とコンドミニアムを包んでいた木々や、そのせいで空気が寒々としていたことのみを記憶していて、実を言えば、それこそがジョージという男に厚田が抱く最も顕著な印象になっていた。

――サー・ジョージ。西荒井署の厚田です――

あれは大学の、どの棟の、どの教室の廊下だったろう。

学生たちに配慮して、厚田はジョージが独りになるのを待った。講義のあとも彼のまわりには大勢の学生たちがいて、チャンスはなかなか訪れなかったが、犯行が露呈したことを知らないジョージが逃亡するとも考えられず、厚田も他の刑事も落ち着いていた。

――ドウモ。刑事サン――

ついに声を掛けたとき、ジョージは屈託のない顔で微笑んだ。

――少し伺いたいことがありまして……――

大学のコンドミニアムを借りているかと訊《たず》ねてから、部屋番号を自分で言わせ、最後にその部屋へ帰ったのはいつかと訊いた。ジョージはすべてに正直で、昨夜もその部屋にいたと答えた。母親が虫に浸蝕《しんしょく》され続けているあの部屋に。

――ナニカ？　刑事サン――

どんなふうに告げたのか、正確には覚えていない。けれど、『その部屋』で白人女性の遺体が見つかったこと、死んでから少なくともひと月以上が経過しているとみられることを話したと思う。部屋にはミルクティーを載せたトレーがあって、ベッドはバラで飾られていた。

ジョージはプラチナブロンドで、頰に細かなそばかすがあり、瞳《ひとみ》の色は水色だった。厚田が話すと色白な顔に血がのぼり、ジョージの頰はピンクになった。

あの一瞬の表情を、なんと表現したらいいだろう。

恥じらい。あきらめ。安堵《あんど》。それとも……考えて厚田は、やはり狂気だ、と思った。瞬時にその表情を消してジョージは笑った。声も立てずに、白い歯を見せて。

――ソレハぼくのオカアサンです。名前はヒルダ。彼女ハ死んでイマシタカ？――

厚田は他の刑事と顔を見合わせた。訊かれた意味がわからなかったのだ。

なに言ってんだおまえ、と同僚はジョージに詰め寄り、厚田がそれを引き留めた。

精神耗弱を装うつもりでそんな質問をしたのかと思ったが、どうもそうではないようだった。ジョージは真面目に厚田の答えを待っていた。間違いなく死んでいたという、くだらない答えを。

——体中に虫が湧いてんだ。生きてるわけがないだろう——

答えながら、沸々と怒りが湧いた。半面、ジョージに対する恐怖も湧いた。ジョージはやはり笑んでいた。安堵したように。心から晴れ晴れとした顔で。

両角教授が立ち上がり、厚田は記憶から引き戻された。

「それじゃ、行くかね？」

その後、妙子は一度もジョージと会っていないし、もちろん妊娠を告げてもいない。お腹の子は厚田が認知し、二人の子供として戸籍にいれるはずだった。父親がジョージであることは、妙子と、厚田と、照内だけが知っている。妙子はともかく厚田と照内がそれに気付いた理由はつまり、二人が刑事だったからである。妙子とジョージ、互いの視線、態度や言葉、刑事はそれらから多くを悟る。

厚田、両角教授、妙子の三人は、ロビーを進んでエレベーターホールへ向かった。セキュリティ上の都合もあって、ジョージは精神科の病棟ではなく、脳外科病棟に入院しているという。

「未《いま》だに信じられないんだよ」

　エレベーターを待ちながら、天井を仰いで両角教授が言った。

　脳外科病棟へゆくエレベーターは院内の特別な場所にある。利用者が多いホールのエレベーターは脳外科病棟に止まらないので、厚田らは病院の奥に移動して、特殊病棟専用のエレベーターを待っているのだ。

「サー・ジョージが本当に手を下したのか……自供はしていないんだものね？」

　訊ねられても妙子は無言のままだった。

「心臓発作とか、脳梗塞《のうこうそく》とかで亡くなったお母さんを部屋に置いておいただけじゃないかと考えもするんだよ。彼には陰がなかったからね」

「まあ、そのへんは」

　厚田は妙子に助け船を出した。教授は妙子とジョージの関係を知らないのだから仕方ないが、子供を失ったばかりの妙子にとって、ジョージの話はどれほどのプレッシャーだろうかと心配になる。

「でも教授。自然死のはずがないんです。死体検案書によりますと、母親は舌骨が折れていたんですから」

　妙子は無感情にそう答えた。母親の遺体は千葉大学で司法解剖されたのだ。だから両角教授が言う自然死は、希望的観測に過ぎない。

教授は妙子の顔をマジマジと見つめた。

「辛《つら》い事件が続くね……このところ」

教授が再びため息をついたとき、エレベーターが来て扉が開いた。中に白いネグリジェの少女がたった独りで乗っていたので、厚田らは互いに顔を見合わせた。

エレベーターは地階から来た。地下に入院患者の病室はないはずだ。

少女は扉に背を向けて、壁に張り付くように立っている。厚田は少女の近くへ行って、その顔を覗《のぞ》き込んでみた。目のまわりが黄色と紫の痣《あざ》になり、唇は切れて瘡蓋《かさぶた》ができ、片方の瞼《まぶた》が腫《は》れ上がっている。

妙子が操作して扉が閉まり、エレベーターは少女も乗せて脳外科病棟へ上っていく。少女が階数表示を押した形跡はなく、なぜここにいるのかわからない。両角教授も首を竦《すく》めた。このエレベーターが止まるのはICUと脳外科病棟、ロビーと地階だけである。少女の髪は剃《そ》り落とされて、痛々しく包帯が巻かれていた。手には無数の擦過傷があり、爪は剝《は》げ、うなじにも痛々しく医療用テープが貼られている。いったい何がどうなったら、子供がこんな傷を負うのだろうか。

「何階へ行くつもりなの？」

厚田は腰を屈《かが》めて少女に訊《き》いた。院内を探索しているうちに、自分の病室を見失って迷子になったのかもしれない。

「小児科へ帰るなら、一度ロビーへ下りないとダメだよ」

話しかけても、少女は壁に向かって直立不動だ。どうしたものかと妙子を見たが、妙子もまた首を竦めるだけだった。

チン！　と音がして扉が開く。脳外科病棟のエレベーターホールには網入りガラスの扉があって、スタッフを呼び出すためのインターホンがついている。扉の奥は長い廊下で、両側に病室が並び、一般病棟よりも光度を落とした照明が点《つ》いている。少女は無言でエレベーターを降り、迷うことなくインターホンを押した。

『はい？』

と、スタッフの声がする。厚田らは少女の背後にいたが、彼女が何も喋《しゃべ》らないので、両角教授が来意を告げた。

この少女はなんだろう。この病棟にどんな用事があるのだろうか。

そう思いながら待っていると、奥からスタッフが来てロックを解除し、またかという顔で少女を見た。

脳外科病棟の扉が開くと、不気味な声が漏れ出してきた。怒号や、複数の唸《うな》り声、時々叫び声もする。普段聞き慣れないそれらの声は、網入りガラスで遮断された先の病棟に常軌を逸した光景が広がっていることを連想させる。刑事の厚田でさえゾッとするのだから、子供ならさぞかし怖いだろうと思いきや、少女は目を閉じたまま、両手を広げて深呼吸していた。

「だめだめ、ここへ来ちゃだめ。あー、えーと……ユアルーム、オーケー?」

スタッフは指でエレベーターを示すジェスチャーをした。

少女は無表情に踵《きびす》を返し、またエレベーターに戻って行く。

それを一瞥《いちべつ》してから、スタッフは厚田らに頭を下げた。

「すみませんでした。こちらへどうぞ」

三人を網入りガラスの中へ招き入れ、扉を閉める。

「なんなんですか? あの子は」

両角教授が訊《たず》ねると、スタッフは眉根《まゆね》を寄せて苦笑した。

「たびたびインターホンを押しに来るので困っています。人道支援グループが連れて来た……ソマリアで保護された子なんですよ。ここで怪我の治療をしたんですけど、目を離すと、すぐに病室を抜け出しちゃうみたいで」

「日本人じゃなかったのね」

妙子が呟《つぶや》くと、どうなんでしょうね、とスタッフは小首を傾げた。

「アジア系の顔つきにも見えますけど、詳しいことはわからないんです。家族の生死含め、本人の名前も、年齢も、言葉が通じているかさえ」

厚田は少女を振り返ったが、すでにエレベーターホールから消えていた。

四人が進む先の廊下にはまたガラスの扉があって、スタッフはそこで足を止めた。セキュリティキーを操作しながら、

「警視庁の方は奥にいます。戻るときは再度インターホンを鳴らしてください」

と言う。扉の先にも病室があって、廊下に二人の男が立っていた。

「どうぞ」というスタッフの声で先へ進むと、厚田らの背後で扉は閉じた。

警備の男らは並んでこちらを窺《うかが》っている。

「電話を頂戴《ちょうだい》した東大法医学部の両角です。石上君を連れて来ました」

両角教授が先頭に立って自己紹介すると、男らは眉《まゆ》をひそめて厚田を見た。どちらも背広姿だが、眼光の鋭さと姿勢のよさからして刑事であろうと厚田は思った。

「お忙しいところ恐縮です。ときに、そちらの方は？」

訊かれて厚田は警察手帳を出した。

「玉川署の厚田です」

「所轄の刑事がどうしてここに」

「サー・ジョージの事情に詳しいからよ」

脇から妙子がそう言った。

「遺体の第一発見者は、私と、彼なの」

厚田は、ジョージの法医昆虫学が当時担当していた事件の解決に役立ったことを含め、遺体の第一発見者となるまでの事情をかいつまんで説明した。警備の二人は頷《うなず》き合い、胸ポケットから名刺を出して、妙子でも両角教授でもなく厚田に渡した。二人とも警視庁国際捜査課のエージェントだった。

「病人の容態はどうなんでしょう？」

両角教授が訊ねると、一人が病室のドアに手を掛けた。

「暴れたりはしませんが、泣いています」

「泣いている。どうして？」

妙子は刑事を見上げて訊いた。ジョージと面会する覚悟はしていたようだが、彼が泣いているという事実には驚きを隠せない。もちろん厚田もそうだった。

「どうしてか……何も喋らないのでわかりません。食事を取ろうとしないので、点滴で栄養補給している状態です」

開けますよ？　と、目で言って、刑事はドアをノックした。

内側からドアが開く瞬間、妙子の肩が緊張するのを厚田は見ていた。彼は妙子のそばに寄り、支えるように背後に立った。内側からドアを開けたのも、やはり警備の警察官だった。病室内に配備され、衝立《ついたて》越しにジョージを見張っているようだ。

「東大の教授が彼女を連れてきてくれた。こちらは事件に関わった厚田刑事」

簡単に説明をして、三人を病室へ招き入れる。病室は眺望がなく、レースのカーテン越しに向かいの棟の外壁が見えた。窓の手前にベッドがあって、点滴につながれた男が仰向《あおむ》けに寝かされている。

両角教授が息を呑《の》む。厚田は妙子を見ていたが、彼女はベッドを凝視したまま、鼻から空気を吸い込んでいた。しばし止めてから、ゆっくり吐き出す。教授も、妙子も、変わり果てたジョージの姿にショックを受けたようだった。

刑事に促されて両角教授が先に行く。ベッドの脇に教授が立っても、ジョージは微動だにしない。妙子はドアの前から動こうとせず、厚田はその脇にいる。

再び刑事に促されてから、両角教授はようやくジョージに声を掛けた。

「ジョージ君、私だよ、両角だ。死因究明室の両角だよ。具合はどうかね？」

点滴が落ちる音すら聞こえるほどの、不自然で奇妙な静寂があった。

ジョージはやはり微動だにしない。厚田が立つ位置からは、横顔と、掛け布団からむき出した腕と、薄っぺらな体が見えるだけだが、白い枕に載った彼の風貌《ふうぼう》が異様であるのはわかった。以前はモデルのように整えられていた髪は伸び放題に乱れて、窓の明かりに無精髭《ぶしょうひげ》が光っている。横顔は弛緩《しかん》して表情がなく、口を半開きにして宙を見ている。厚田は以前、麻薬で廃人になった受刑者を見たことがあるが、ジョージはその時の衝撃を思い起こさせた。

彼がなんの反応も示さないので、両角教授は振り返って刑事に頭を振った。

刑事は次に妙子を見て、頷いた。声を掛けてみて欲しいというのだ。

硬い表情でジョージを見ていた妙子だったが、両角教授が場所を空け、刑事に手で促されると、意を決して前に出た。細いヒールが床を打ち、カツ、コツ、カツ、と音が鳴る。その瞬間、ジョージは首をぐるりと向けた。そのままベッドに上体を起こす。突然の動きに厚田は身構え、刑事は腕を伸ばして妙子をかばった。

「タエコ……？」

点滴の針が刺さった腕で布団をはねのけ、ジョージはベッドから苦しげに妙子を見つめた。ベッドを降りようにも腰をベルトで固定されているので、それ以上は動けないのだ。さっきまで廃人同様だった顔に、今は表情が見てとれる。

「サー・ジョージ、お加減いかが？」

刑事の肩越しに妙子は訊《き》いた。

首に痛々しく包帯を巻き、白い病衣を纏《まと》ったジョージは、夢から覚めたように目を瞬《しばたた》く。その一瞬で、抜け殻のようだった体にイギリスの好青年が戻ってきた。

刑事は同僚に目配《めくば》せをした。監視役の警察官も呆気《あっけ》にとられた顔をしている。

「お加減……ああ……ああ……ぼくは大丈夫。大丈夫だよ、なんともない」

戸惑うように額に手を置き、ジョージは少しだけ首を傾げる。自分の腰を拘束しているベルトを見下ろし、それから布団でベルトを隠した。少なくとも今は、正常な思考能力が戻ってきたかのようだった。

ジョージが危害を加える恐れはないと判断してか、刑事は妙子をかばっていた腕を下ろした。

ベッドの近くへ寄ることもせず、妙子はその場に立っている。心の中で様々な事柄に折り合いをつけているのだと厚田は思い、悪夢に見る日のことがまた脳裏に蘇《よみがえ》ってきた。あの日、女なんかやめると言った妙子は肩を怒らせて息を吸い、それから半歩前へ出た。姿勢を正し、遠慮のない目で変わり果てた法医昆虫学者を見つめている。

「サー・ジョージ、私に何か言うことはない？」

こういうところが先生はすごいと、厚田は思わず唸《うな》りたくなる。

「どうして自殺しようとしたの。お母様を殺《あや》めたことを後悔したから?」

刑事の視線が厚田に向いた。逮捕されて以降、ジョージは黙秘を貫いており、起訴はされたが、母親を殺害した動機や背景など、一切は謎のままだったのだ。

「自殺なんかしない。母に首を絞められただけだ」

ジョージは妙子にそう答え、妙子は厚田を振り向いた。眼球の奥に不安が過《よ》ぎる。

「いや、ジョージ君。きみは自分で首を絞めたんだよ? 拘置所のテーブルに上着を縛って、袖《そで》を首に巻き付けて」

両角教授はジョージに向かって訊きながら、確認するように刑事を見た。何もかも思惑と違っているという顔だ。ジョージの様子を事前に聞かされていたとはいえ、教授は、自分と妙子がこの場に立てば、かつてのようにジョージと普通に会話ができると思っていたのだ。けれど、ジョージはもはやかつてのジョージではなく、神経質で、臆病《おくびょう》で、ぼんやりしている。自分たちなら事の真相を聞き出せるかもしれないという両角教授の思惑は、見事に外れた。

「ジョージ・クリストファー・ツェルニーン。ここがどこかわかるか?」

刑事はジョージのベッドに寄って、頭の上からそう訊いた。

ジョージは薄い水色の目で刑事を見上げ、答える代わりに首を左右に振った。芝居じみた仕草で、ゆっくりと。

「母親のヒルデガードを絞殺したのはおまえだな。覚えているか」

緩慢な動作で周囲を見回し、ジョージは腕に刺さった点滴の針に目を留めた。刑事の言葉が信じられないというような顔。それとも、何もかもすべてから疎外されてしまったというような孤独な顔だ。青黒く点滴の痕《あと》が残る腕に、ジョージはパタパタパタッと涙をこぼした。瞬きもしない両目から、水晶のように涙が溢《あふ》れる。

妙子は両手で口を覆った。溢れ出す叫びを押し殺しているのだ。

目の前の男があのジョージであることを、厚田も信じられない気持ちであった。ジョージは鼻の頭を赤くして、唇を震わせながら泣いている。

次の瞬間、厚田の前から妙子が消えて、彼女はジョージを抱きしめていた。刑事も、ベッドの脇にいた両角教授も、止められないほどの素早さだった。胸にジョージの頭を抱え、自分の頬を擦り付けている。

ジョージも愛撫《あいぶ》に応《こた》えるだろうと思ったが、なぜかそうはならなかった。彼はダランと腕を伸ばしたまま、頭だけを妙子に抱かれていた。両目はパッチリと開いたままで、頬を涙が流れている。それで厚田も刑事らも、ジョージの異常性にまた気が付いた。きっと妙子も同じだろう。彼女は一瞬だけぎゅっと目を瞑《つぶ》り、目を見開いてカーテンを睨《にら》んだ。カーテンの向こうには、無機質な病棟の外壁がある。

「サー・ジョージ、お母様はあなたが殺した。そうでしょう?」

妙子はジョージの頭を離し、片腕を肩に回すと、もう一方の手で点滴の刺さった腕を押さえた。ベッドの縁に腰を掛け、母親が子供にするように腕をさすった。

刑事は妙子をどかそうとしたが、厚田が止めた。ここには警察官が三人もいるし、何よりも、ジョージがもはや、妙子に危害を加えるとは思えなかった。

「お母様を殺して、その屍骸《しがい》で虫を育てていたのよ。そうでしょう」

ジョージは子供のようだった。鼻だけでなく、目の縁も真っ赤にして泣いている。そして、さらに信じられないことを言った。

「そうしたかった。でも、ダメだった」

ベッドから妙子は厚田を見上げた。彼女の瞳《ひとみ》には、恐怖と、戸惑いと、哀れみと混乱が渦巻いている。ジョージの正気を信じようとしていた両角教授も、ついにその場を後退した。ジョージは続ける。

「マムは、どこへ逃げても追いかけてくる。夜も、昼も、離れてくれない」

厚田はミルクティーのことを思い出した。母親の屍骸は天蓋《てんがい》付きのベッドに寝かされて、全身を虫に喰《く》われていたが、枕には無数のバラが撒《ま》かれて、高価なお茶のセットが運ばれていた。自分で殺しておきながら、この男は母親の死を受け入れることができなかったのだろうか。

「彼の母親は、気難しくて傲慢《ごうまん》で、高飛車な人だった。彼は母親の話をしたがらないので、レストランのソムリエから聞いたんですが」

妙子は小声で刑事に告げた。

「彼は、昆虫こそが最強の生物だと信じていました……もしかして……だから、あんな惨《むご》い真似を……」

脳裏で何かを見たかのように、妙子は唇を嚙《か》みしめる。

「……タエコ……ぼくを助けて……」

妙子はジョージの肩を一瞬だけ強く抱き、スッと離れて立ち上がった。追いすがるジョージに深いため息を吐いてから、

「あなたは病気よ。サー・ジョージ」

と、冷たく言った。それからクルリと踵《きびす》を返し、無言で部屋を出て行った。

「タエコ！」

悲痛な声でジョージは叫び、ベルトを外そうともがき始めた。刑事が彼を取り押さ

え、廊下にいる仲間を呼んだ。さっきまでの穏やかさが嘘のように、ジョージは妙子を追おうとしたが、男三人に押さえ込まれた挙げ句、医師が呼ばれて注射を打たれた。その一部始終を見守っている両角教授を病室に残して厚田が廊下に出てみると、妙子は壁に向かって立ったまま、声を殺して泣いていた。

「先生、大丈夫ですか？」

「ダメ」

洟《はな》をかみながら妙子は答えた。

窓すらない廊下には病室だけが並んでいる。向かいの個室は空っぽで、色のないベッドやカーテンに無機質で陰湿な空気が漂っていた。

「彼があんな闇を抱えていたとは思いませんでしたが……いや。誰だって思いませんよ。なんなんでしょうね、あれは。何がどうなっちまっているんだか」

「そうね」

妙子は涙を振り払い、両手で髪を掻《か》き上げた。

「自分で思うほど利口じゃないのよ」

「え」

それから厚田に作り笑いして見せた。

「私。私がよ、利口じゃないの。ジョージの狂気に気付けるチャンスは、今にして思えば何度もあった。でも……」

意志とは裏腹に唇がわななき、それを抑えようとして妙子は強く唇を噛む。その瞬間、厚田は彼女の体を抱き寄せて、自分の胸に包んでいた。そうされた妙子は、ジョージと違い、厚田の背中に腕を回して抱きついてきた。細くて華奢《きゃしゃ》ではあるけれど、強靭《きょうじん》な体だと厚田は思う。胸を濡《ぬ》らす彼女の涙は、厚田の心に染み入ってくる。二つの体に一つの心。厚田には、妙子の悔しさと悲しみが痛いほどわかった。

「ごめん」

ひとしきり泣いてしまうと、妙子は背中を向けて涙を拭《ふ》いた。カチャリとドアの開く音がして、最初に刑事が、次に医師と看護婦が、そしてもう一人の刑事が両角教授を連れて出てきた。

ドアが閉まるとき、ベッドに仰臥《ぎょうが》するジョージの姿がチラリと見えた。

「いやぁ……驚いた。彼にいったい何があ……」

教授は泣き腫《は》らした妙子の目に気が付くと、

「大丈夫かね？」

と、心配そうに訊《き》いた。

「ショックだったのは私も同じだ。まさか、彼の、あんな姿を見ることになろうとは、思いもしなかった、ほんとうにね」

「今は鎮静剤で眠っています。可能でしたら、少しお話を伺えませんか」

刑事は妙子と厚田に訊いた。ジョージが言葉を喋《しゃべ》るのを、初めて見たと説明する。

「大学で教鞭《きょうべん》を執っていたと聞いてもしっくりきませんで。あの男は、自分が知る限りずっとあんな様子だったので、本当に言葉が喋れるんだなあと……」

刑事は申し訳程度に笑い、そしていきなり本題に入った。

「母親は死んでいないって、あれはどういう意味ですか？」

その答えを想像できるのは、たぶん妙子しかいないのだ。彼女は握ったハンカチで鼻の頭を拭くと、迷うことなく刑事を見返した。

「彼と彼の母親について、私が知っていることはほとんどありません。でも、『マムはやっぱり死んでない』と言われてしまうと……なんとなく……事件の背景がわかったような気がします」

それはなんだと問うように、刑事は厚田の顔を見た。厚田も事情を知ると思ったのだろうが、そうではない。厚田は妙子に視線を移し、妙子は両角教授に視線を送った。

「サー・ジョージからは、以前、彼が法医昆虫学に目覚めたきっかけについて、話を聞いたことがあるんです」

「ほう。彼とそんな話をねえ」

妙子は頷《うなず》く。

「牡鹿《おじか》の死体にシデムシが群がるのを見たのがきっかけだったと話していました。彼が育ったウェールズの森では、繁殖期の牡鹿に人が突き殺されることもあって、だから、牡鹿を森の王者のように思っていたんです」

二人の刑事は視線を交わした。それが母親殺しとどんな関係があるのかと思っているのだ。

「牡鹿の屍骸を食べていたのが小さな虫だったので、彼にとって最強の生き物は昆虫になり、それが法医昆虫学につながったのだと」

「つまり、なんですか？　あの男は遺体に群がる虫の習性に惹《ひ》かれたんじゃなく、虫が鹿より強いから、研究を始めたっていうんですかい」

厚田が訊くと、妙子は「そうよ」と答えた。

「でも……」

妙子は息を継ぎ、その裏側には母親への畏怖《いふ》があったに違いないと付け加えた。

「殺害の経緯はわからないけれど、彼にとっては母親こそが、絶対的な存在だったのじゃないかしら。ジョージは母親を恐れるあまり、屍骸《しがい》を虫に与えることでその存在を抹消しようとしたの。屍骸が虫に喰われる過程を確認し続け、母親が生き返るかもしれないという恐怖から救われていたんだと思います」

「いったい何者なんだ、彼の母親は？」

呻《うめ》くような声で刑事は言うが、誰もその答えを知らない。

厚田は逮捕時に狂気を感じたジョージの様子を思い出した。

——彼女ハ死んでイマシタカ？——

ジョージはそう訊いたのだ。そうか……あれは冗談でなく、本気の質問だったのか。

「発見時ですがね、母親の屍骸は天蓋付きのベッドに寝かされていました。中では虫が大量発生していて、それなのに、奴は母親のために紅茶を運んでいたようでした。何がどうしてああなったのか、俺にはさっぱりわからなかったが、先生の推理を訊く限り、説明がつくように思いますねえ」

厚田が言うと、二人の刑事は眉間《みけん》に縦皺《じわ》を刻んで首を傾げた。

「意味がわからん。理解もできん。まともじゃないな」

「まともじゃないわ。彼は病気よ」

よどみのない声で妙子は言った。

「母親の屍骸がそばにあり、死んでいると確認できれば精神の平安を保てるんだわ。体中を虫に喰《く》われて平気なのは死人だけだから。でも、それができなくなったから、再び現れるかもしれない母親の影に怯《おび》えている。サー・ジョージが言うとおり、彼の首を絞めたのは、たぶん母親の幻影なのよ」

「お母さんを、それほど恐れられるものだろうかね」

両角教授が呟《つぶや》いた。母親の為に苦学して教授になった彼は、その母から贈られたネクタイを今も大切に使っているのだ。

「それは、どんな母親かによると思う……両角教授。これはまだお話ししていなかったことですが、私にはそう考える根拠があるんです」

妙子はチラリと厚田に目をやり、それから苦痛に顔を歪《ゆが》めた。

「事件の頃、ジョージは私に高価なドレスをくれました」

まるで痛みを伴うかのように、妙子は細切れに言葉を継いだ。

「あとで、わかったことですが……それは、死んだ母親の物でした」

「どうしてそれがわかったんです？」

今度は刑事が妙子に訊《たず》ねる。その当時、妙子とジョージに起きていたことを、厚田も初めて聞かされていた。

「彼がドレスをくれたのは、母親と行く予定だったレストランの下見に、私を誘ったことからでした。私には、そんなところへ着ていく服がなかったし……でも、その店のソムリエが……」

同じ服を着た母親が、ジョージと食事に来たのを覚えていたのだと語る。

「母親は気難しくて、一切合切が気に入らず、レストランでもトラブルになって、だからよく覚えていると。そんな彼女が、見知らぬ私に、自分のドレスをくれるでしょうか」

小さな疑問が芽生えた直後、妙子は、ジョージが検査に回したシデムシの検体から白人女性のゲノムを発見したのだという。

「ゲノムはシデムシの消化器官から絞り出した給餌用の肉から検出されました。つまり、そのシデムシは、白人女性を餌にしていたということになるんです」

厚田は思わず眉《まゆ》をひそめた。二人の刑事も同様で、この上なく顔をしかめている。

「そうか……それで石上君は母親の殺害を疑ったんだね」

さすがに法医学実務の権威だけあって、両角教授はむしろ興味深そうに妙子に訊いた。

妙子は観念したように頷いた。

「私が厚田刑事に電話を掛けて、一緒に彼のコンドミニアムへ行き……あとはご存じの通りです」

「殺すだけでは飽き足りず、虫のエサにしていたとはね。いやはやなんとも」

嫌悪感を隠しもせずに刑事が呻く。

「逆だと思うわ。シデムシに食べさせるために殺したのよ。そうすれば安心できるから。紅茶を運んで、枕にはバラを撒《ま》いて、彼女がもう飲めないことや、バラのトゲに激怒できないことを確かめた。私にドレスを着させたのも、母親がそれに反対できないことを確認して、安心したかったからだと思う」

指輪もか。と、厚田は思った。高価すぎると妙子が受け取りを拒否したあの指輪。それは結局屍骸《しがい》の指にはめられていた。ジョージという男の頭には、四六時中母親が棲《す》み着いていたということになる。

「なんてことだ」

と、刑事は言った。厚田もまったく同じことを考えていた。

「その屍骸を取り上げられて、彼はさらに精神のバランスを崩したのかね」

「そう思います。サー・ジョージは今、マムの亡霊に殺されかけているのかも」

答える妙子の瞳《ひとみ》には、もはやジョージに対するどんな感情も宿っていなかった。彼女は毅然《きぜん》と立っており、その後の言葉を発しない。それで厚田が代わりに言った。

「今日のところは、これで勘弁してもらえませんか。何かあったら連絡をもらえば、先生がダメでも俺が対応しますんで」

それからちょっと考えて、

「いやね、その件で知り合ったのが縁で……今はこの先生と夫婦なんです」

と、付け足した。二人の刑事はハトが豆鉄砲を喰らったような顔をして、それから

「はは……は」と、曖昧《あいまい》に笑った。

ジョージに精神鑑定を受けさせるための書類にサインが欲しいと、両角教授がその場に残されることになったので、厚田と妙子は件《くだん》の扉の前に立ち、再び病棟スタッフを呼んだ。

網入りのセキュリティドアが開き、唸《うな》り声や不気味な叫び声がする廊下を抜けて、再び別のセキュリティドアを通ると、ようやくエレベーターホールに出てこられた。妙子は疲れ切った表情だったし、厚田もまた沼のような疲労感に浸されていた。

人が人を殺すとき、様々な動機があるのは知っている。殺人を肯定するわけではないが、欲や激情、偶発や怨《うら》みなど、犯人の事情を知るにつけ、一歩間違えば自分も加害者になったかもしれないと思うことすらある。それでも今回のジョージのように、複雑な心理は理解ができない。母親が死んだことを確認したくて母親のドレスを恋人

に着せた、その事実には愕然《がくぜん》とする。ジョージに同情の余地はない。それが母親のものだと知った時、妙子はどれほどショックを受けたことだろう。コンドミニアムの外で吐き続けていた彼女を思い出し、厚田は怒りとやるせなさに熱くなる。

エレベーターはすぐに来て、二人は無言で乗り込んだ。すでに多くの感情を共有してしまったからこそ、言葉もなく庫内に佇《たたず》んで、下って行く階数表示の明かりを眺めた。

エレベーターはＩＣＵの階で止まり、扉が開くと、またもやあの子が立っていた。やはり独りで、表情もない。少女はすーっと乗り込んで来て、小さな指で階数表示ボタンを押した。地下二階。そのまま壁に顔をこすりつけるようにして立っている。

厚田は妙子と顔を見合わせた。

扉の開かない階をいくつか通り、厚田らが降りる予定の一階ロビーで扉が開いたが、二人はエレベーターを降りなかった。ドアが閉まり、地階へ向かう。傷だらけの少女を見下ろしてしばし、地下二階で扉は開いた。

目の前は、いきなり長い廊下であった。しかも照明が点《つ》いていない。踝《くるぶし》ぐらいの高さの場所に誘導灯があって、あるかなしかの青い光がポツポツと奥へ続いていく。線香の残り香が鼻腔《びこう》をくすぐり、厚田はそこが霊安室のある階だと知った。照明が点いていないのは、常時スタッフがいるわけではないからだ。空調も他の階とは別らしく、異様な冷気が漂っている。

少女はクルリと扉に向かい、大人でも薄気味悪いと思うような廊下へ迷うことなく出て行った。『開』のボタンに指をかけ、妙子が少女を見守っている。少女は数歩進んで足を止め、首を竦《すく》めて両腕を広げた。脳外科病棟でやっていたのと同じ仕草だ。

(なんですかねえ?) 妙子の耳に囁《ささや》くと、

(シッ) と、妙子は厚田に言った。

二人で耳を澄ましてみたが、生きた人間の気配はしない。暗い廊下に少女のネグリジェだけが白く浮かんで、この世ならぬモノを見せられたような不気味さを感じる。

少女は腕を広げたままで微《かす》かに肩を上下させた。たぶん、また深呼吸をしているのだ。

厚田も空気を嗅《か》いでみたが、病院特有の薬品臭、消毒と、空調の匂い、そして微かながらも屍臭《ししゅう》を感じた。

(見て……笑ってる)

今度は妙子が囁いた。

少女は腕を広げて天井を仰ぎ、ゆっくり、ゆっくり回り始めた。スローモーションのようにゆっくりと。目を瞑《つぶ》り、唇に笑みを浮かべている。ゾッとした。

生きた人間が誰ひとりいない地下室で、暗がりに微笑む少女を見ていると、彼女を包む闇の随所に死んだ人々が折り重なっているような気がした。少女が保護されたソマリアでは、大虐殺の犠牲になった人々は七百人以上とも、三千五百人いるともいわれている。

少女に声をかけることなく、妙子は『開』のボタンを離した。ドアが閉じ、暗がりに独り残されるときも、少女は目を瞑って微笑んでいた。幸せそうで、気持ちよさげに。

「あの子はたぶん、特殊な臭いを嗅いでいたのよ。脳外科病棟の吐瀉《としゃ》物や、死体安置所の微かな屍臭を」

大股《おおまた》で駐車場へ向かいながら、妙子は言った。怒っているような口調であった。

「ええ、それはいったいどういうことで？」

脳外科病棟のうめき声も、死体安置所も怖がることなく、深呼吸しながら微笑んでいた少女を想って厚田は訊《き》いた。たった今見てきたことが嘘のように、外には太陽の光が降り注いでいる。新緑はまばゆいばかりで、空は明るく、雲は白い。

「話に聞いたことがある。実際に見たのは初めてだけど」

「なんの話です」

「臭いよ」

少し前で足を止め、妙子はクルリと振り向いた。

「煙草をちょうだい」

次からは自分で買うわと言いながら、妙子は厚田に煙草をねだった。厚田のそれはセブンスターで、妊娠するまで妙子が吸っていたのはマイルドセブンだ。本当はセブンスターが好きなのに、いろいろとこじらせてマイルドセブンを吸っていたのよ、と弁解する。

駐車場の木陰にベンチを見つけ、妙子はそこに腰を下ろした。煙草を箱ごと差し出すと、一本取って厚田のためにもう一本を出し、取るのを待って返してきた。厚田は煙草をポケットにしまい、百円ライターで火を点《つ》けた。

同じ火を分け合って、ほぼ同じタイミングで煙を吐く。病院の臭いから解放されて、青空の下で味わう煙草は旨《うま》かった。

「嗅覚《きゅうかく》は、本能に直接作用するといわれているの。臭い場所に長くいることで悪臭に慣れてしまったり、逆に、その場所を離れても悪臭を感じたりするのはそのせいよ。匂いで過去を思い出すのも同じこと。匂いの情報は大脳辺縁系の扁桃体《へんとう》や海馬に直接的に伝わるから」

「……はあ」

妙子の言わんとすることが理解できずに、厚田は曖昧に相づちを打った。

「だから、本能と嗅覚が相まって誤作動を起こすこともある。多くの人が悪臭と感じるものに惹《ひ》かれる臭いフェチとか……わかりやすく言うと、ブルーチーズ、納豆、くさやの干物もその類《たぐ》いよね。快感と悪臭が結びついてしまえば、脳は嗜好《しこう》に傾くの」

西荒井署で勤務していたときに、ハイヒールばかり盗んでいた男を逮捕したことがある。そいつはハイヒールの匂いを嗅ぐと興奮すると言っていた。つまりはそういうことなのだろうか。少し違う気もするが。

「あたしは心理学をやってないから、本当のところはわからないけど、あの子の場合、極度に残酷な経験がそれを誘発したのかも。死と隣り合わせの酷《ひど》い体験をしたことで、屍臭や汚物の臭いにエクスタシーを感じるようになってしまう人もいるようだから」

「ゴホッ」

厚田は自分の煙草の煙に咽《む》せた。

「エクスタシーって……あの子がそうだというんですか？　まだほんの子供じゃないですか」

「きっと酷い目に遭ったのよ。脳を誤作動させなきゃ生き抜けないほど酷い目に」

妙子は鼻から煙を吐いた。

「特殊な階を行ったり来たり。あの子は屍臭が好きなのよ」

なんと答えていいものか、厚田は妙な汗が噴き出す気がした。

「それはまた……ひでえ話で……」

あの子の目のまわりには痣《あざ》があった。唇の瘡蓋《かさぶた》、頭部の裂傷。国籍も、年齢もわからない小さな少女は、どんな地獄にいたのだろうか。ベンチの前は駐車場で、太陽の下に何台もの車が駐《と》まっている。病棟の花壇はパンジーの花盛りで、どこを探しても戦火はない。妙子は太陽に向かって、長くて白い煙を吐いた。毅然《きぜん》として勝ち気な瞳《ひとみ》の奥で、ジョージと少女が重なるのだろう。厚田も煙草を吸い込んだ。

なにをどうこじらせたら、人は存在しない影に怯《おび》えたり、屍臭に惹かれたりするようになるのだろう。

思うそばから警察官一家惨殺事件が脳裏を過《よ》ぎる。あれもまた、そういう類いの人間が起こした犯行か。犯人の目には子供が子供としては映らず、命が命として映らなかったということなのか。ならば普通の感覚しか持ち得ない自分に、犯人を追い詰めることはできるのだろうか。

厚田は駐車場を見渡してみたが、どこにも怪しい影はない。当たり前だ。ジョージでさえ、表向きは優秀な法医昆虫学者であり、少女はいたいけな怪我人なのだ。普通の顔さえしていれば、奥に潜む何かを感じる術《すべ》はない。普通の人間には、特に。ならば自分は刑事としての経験を、情報として蓄積していくほかないのだろう。そうしてやがて、純粋に善良な人々の裏にも、別の顔があるのではないかと疑うようになっていくのだ。刑事という職業は底知れぬ業を持っている。いいや、それでも。と、厚田は思う。

「それでも彼らは人間なんです。俺たちと同じ、切れば血の出る人間です」

突然何を言い出すのかという顔で、妙子は厚田を振り向いた。

「あ、いや。つまりあれです。虫の先生ジョージも、さっきの子も」

厚田は煙草を揉《も》み消して、

「理解しようと思わなかったら、理解できないってことですよ」

と、言ってみた。上手《うま》く説明できたとも思えなかったが、妙子の表情は、厚田の説明のヘタさ加減を如実に物語っていた。

「そうじゃないな。理解しようと努力をすれば、理解できると」

「理解なんかできるわけない。せめて想像するだけよ」

吐き捨てるように彼女は言って、吸いかけの煙草を揉み消した。
私が抱えた苦しみは、私にしかわかるはずないと、厚田はそう言われた気がした。

# 第四章　浮かぶ容疑者

吸い殻を足下に落とすと、濡《ぬ》れた地面でフィルターがジュッと鳴った。小雨はようやく上がったが、西嶋が戻ってくる気配はない。路地の向こうに瞬くネオンを忌々しい思いで見上げながら、厚田は自分のうなじを揉んだ。

路地は西嶋が消えた店の裏側にあり、脂とアルコールとアンモニアの臭いが蔓延《まんえん》していた。裸同然の服を着た女が甲高い声で笑いながら表通りを通り過ぎたが、過ぎる瞬間、男に抱えられていることがわかった。二人の姿は一瞬だけ狭い路地の切れ間に浮かび、あとは声だけが通り過ぎて行く。

酔っ払いがひとり入って来て、並んだゴミバケツに小便をして去った。その臭いに辟易《へきえき》しながら時計を見ると、深夜一時になろうとしていた。

「ったく……なにやってんだよ、クラさんは」

厚田は胸に手をやって、煙草を吸い切ってしまったことに落胆した。買い足しに行こうにも、持ち場を離れるわけにはいかない。

そもそもこれは持ち場なのか、と考えてみる。刑事は二人ひと組で動くのが捜査の基本だ。なのに相棒の西嶋は、聞き込みに行くと言ったきり、ここに厚田を残して二時間になる。場所は横浜《よこはま》の繁華街から少し外れた裏通り。横田基地の米軍兵士が女を買いに来るといわれるあたりだ。時折英語の叫声が聞こえ、なだめる女の声もする。何を言っているのかわからないが、ご機嫌なのだろうとは思う。

空になった煙草の殻を握りつぶして捻《ねじ》り上げ、厚田はそれを、生ゴミのポリバケツに放り込んだ。

「はいよ、またね、それじゃサンキュー、サンキュサンキュ、アイしてる」

ようやく西嶋の声がした。

何がサンキュ、アイしてるだ。厚田は背広の衿《えり》を正すと、前のめりになって路地を進んだ。さっき酔っ払いが小便をしていた場所は、踏まないように大股《おおまた》でよける。小便どころか、ポリバケツには嘔吐《おうと》物までぶちまけてあった。

憮然《ぶぜん》として路地を出たら、いきなり呼び込みに捕まった。

「お兄さん、いい子がいますよ、どんなのが好み?」

と、訊《き》いてくる。真夏の蠅さながらに、体の脇で足踏みをしている。

「女には用がない。兄さんは幾らなんだ」

こういうときにはそう訊けと、教えてくれたのも照内だった。

呼び込みはサッと顔色を変え、「そっちかよ」と、吐き捨てて去った。

その向こうから、だらしなくネクタイを外した西嶋が、上着をぶら下げて歩いてくる。警察手帳を俺に預けて聞き込みとは、こういうことかと厚田は思う。どうりで時間がかかったわけだ。鼻の下を伸ばし、でかい体を揺らしながら歩いてきた西嶋は、厚田と会うと肩を抱き、酔っぱらい同士がするように頭を頭にくっつけてきた。さっきの呼び込みがこっちを見ているが、勘違いしていると知っても嬉《うれ》しくはない。

「横須賀《よこすか》の第四倉庫。その先に、古いアパートがあるらしい」と言う。

「そう難しい顔をするんじゃないよ。ガンちゃんは男が趣味なんだって？」

呼び込みをいなした台詞《せりふ》をからかいざまに、クルリと振り返って両手を挙げた。ビルの上から地面まで、派手なネオンが瞬く通りで、太った中年のおばちゃんが見送っている。西嶋は大きく手を振りながら、

「今度は彼と来るからねー。またねー」

と言ってニコニコ笑った。

「ほら、ガンちゃんも、愛想よく」

言われて厚田も笑顔を作り、西嶋に倣って手を振った。俺を待たせてどんな女を相手にしたかと思っていたが、おばちゃんだったので溜飲《りゅういん》が下がったせいもある。

「まさか、あのオバサンを買ったんですか」

ようやく普通に歩きながら訊《たず》ねると、西嶋は囁《ささや》くように「おいおい」と言った。

「警察官がそういうことを言っちゃダメだよ。いろいろとセンシティブな問題を含むんだから」

自腹で聞き込みをしただけさと西嶋は言い、厚田に預けていた警察手帳を受け取った。グルグル巻きにした紐《ひも》を外して落とさないよう首にかけ、またグルグル巻いてポケットに押し込む。

「それで？　わかったんですか。ナイフのことは」

しっかりと背広を着込んでネクタイを直し、西嶋はズボンのベルトをひと穴詰めた。警察官一家惨殺事件の凶器を調べている厚田と西嶋は、軍事用のカラテルを含め特殊ナイフを密輸入しているというバイヤーの細い情報を追っていた。

「目当ての女は一週間ほど前に辞めたんだってさ」

「え？　じゃ、なんでこんなに時間がかかったんですよ」

「聞き込みだってば。ヤバいことに関わっている自覚があると口が固いからね。本人がいない方が好都合のこともあるんだよ。狙い目は覗《のぞ》き見根性旺盛《おうせい》で噂好きな、ああいうタイプのおばちゃんだ。客はとれないし、崖《がけ》っぷちにいるからベラベラ話す。常連客を増やそうとしてね」

やったんですか？　と訊きたかったが、黙っていた。それを見上げた根性と言っていいのかどうか、西嶋はすでに情報の先を追っている。

「その女がバイヤーのヒモと第四倉庫のアパートにいるっていうんですね」

「おばちゃん情報によるとね」

二人はナイフの情報を入手したいだけなので、バイヤーから話が聞ければチンケな密輸については見逃すつもりだ。西嶋は国道沿いでタクシーを拾った。

西嶋が車内で話したことによると、女のヒモは外国人かもしれないという。白人ではなく、顔の濃い中東系の男だと。

「女の許《もと》に通ってた頃に、おばちゃん、裸を見たことがあるってさ。体中にタトゥーが入っていたらしい」

「堅気じゃないってことですか」

それはどうかな、と西嶋は鼻で嗤《わら》った。

「タトゥーはあまり痛くないから、入れるのに根性もいらないし……命がけで墨を刺すジャパニーズヤクザの入れ墨とは違うね」

そう言うと、腕組みをして眠り始めた。一秒前まで喋《しゃべ》っていたのに、いきなり鼾《いびき》を搔《か》いている。確信犯なのか、厚田がタクシー代を払い終えるまで目を覚まさなかった。

横須賀の一角、人工湾の近くに四号倉庫と呼ばれる建物があり、その奥にゴミゴミと古い家々が残されている。タクシー運転手の話では、一帯は間もなく取り壊されて再開発される計画だという。立ち退きを渋っている住民がまだ住んではいるが、人の気配がしなくなったので夜間は特に不気味であると。

昨今はどこもかしこも再開発で、次々に古い町並みが消えていく。金利が上がり、給料も上がり、不動産業界も飲食街も沸き立っているが、その金はどこから湧いてくるのか、厚田は金が回る仕組みを信用できない。

あまりに暗い住宅街で、厚田と西嶋はタクシーを降りた。

女とバイヤーが暮らすアパートは木造モルタルの二階建てで、建物の二箇所に出入り口と内階段がついている。階段の上下に一軒ずつ、都合四軒が入る造りだ。前庭はなく、敷地境界線が道路とじかに接するタイプ。ヒビの入った外壁が今しも崩れ落ちそうな古さであった。

「人が住んでいるようには見えねえなぁ……」

厚田は小さく呟《つぶや》いて、

「空き家なんじゃないですか？」

と、西嶋に訊いた。窓にへばりつくような鉄の手摺《てす》りは、夜目にも錆《さ》びているのがわかる。真夜中なので寝静まっているのか、そもそも人がいないのか、細い電柱に下がる街灯が地面を丸く照らしている。

西嶋は内階段に入って行くと、ポケットベルの微《かす》かな明かりで電気メーターを照らした。こちらの二軒は無人のようで、電気が止められているため回転盤が動いていない。もう一方の内階段へ入り、同じように電気メーターを確認すると、二階の回転盤だけがゆっくり動いていた。メーターの脇にポストがあって、どちらも表札はなかったが、開けると一方にだけ薄っぺらな紙が入っていた。それは電気の検針票で、宛名《あてな》にクロイワ　リョウコ様と印字してある。西嶋は内容を確認してポストに戻し、アパートを出てから厚田に言った。

「あとは明日だね」

「さすがに真夜中ですからね。出直しますか」

「そうじゃなく」

と言いながら、西嶋は先へ行く。心許ない街灯のせいで、街は余計に闇が濃い。

「もうあの部屋には住んでない。あとは大家に当たるしかないね」

「え、どうしてそれがわかるんで」

西嶋は大きな背中で「検針票」と、呟いた。

「先月の分だったよ。ポストに入れられてから大分経ってる。電気は止められていないから、まだ出てって間もないと思うんだよね。ガンちゃん、仕方がないでしょう。今夜は帰って、ゆっくり風呂《ふろ》に入ろうや」

頭を掻きながら欠伸《あくび》をし、西嶋はまたタクシーを拾おうと言った。


厚田が官舎へ戻れたのは、石上家の墓に赤ん坊を葬った日以来のことだった。もちろんこんな時間だから、今から帰ると電話はしなかった。それでも、鍵《かぎ》を開ける音に気が付いたらしく、玄関を開けると寝室の明かりが点《つ》いた。

「厚田刑事？」

妙子の声だ。

「起こす気はなかったんですがね」

眠っていていいですよと言う前に、妙子は起きてきた。

「いいのよ、お疲れ様。お風呂に入るわよね？」

パジャマの上にカーディガンを羽織りながら、厚田の前を通って風呂場へ入る。湯をためて戻って来ると、「お腹は？」と訊《き》く。

「と言っても、何もないんだけど、ビールなら」

「そりゃ嬉《うれ》しいですね」

厚田は靴を脱いでリビングへ入った。真夜中に帰って、誰かが出迎えてくれ、何もないと言いながら風呂が沸き、ビールが出てくる。これを幸せといわずになんというのか。妙子はテーブルにグラスをふたつ置き、冷蔵庫を開けて大瓶のビールを出した。厚田は背広をハンガーに掛け、ネクタイを緩めて椅子に座った。

テーブルの真ん中にはバスケット型のカゴがあり、山盛りに菓子が盛られている。高級そうな焼き菓子やチョコレートなど、贈答品のようにも見える。留守の間に誰か訪ねて来たのだろうかと思ったが、幸福に酔っていたので黙っていた。

厚田のグラスにビールを注ぐと、妙子は缶詰を開けて小鉢に移した。つまみは鯨の大和煮《やまとに》で、厚田の前にだけ箸《はし》を置く。

「真夜中なのに、すみません」

「真夜中までお疲れ様なのはあなたでしょ、私はさっきまで寝てたんだから」

言いながら、自分のグラスにも注ごうとするので、厚田が酌をしてやった。グラスを重ね、一気に呷《あお》る。冷えたビールのコクとうまみが五臓六腑《ろっぷ》に染み渡る。

「苦戦しているみたいよね」

「いやあ……なかなか……」

厚田はそう言って鯨をつまんだ。こちらもまた空《す》きっ腹にしみじみ旨《うま》い。時刻はすでに午前三時を回っていた。

「風呂へ入ったら寝ますから。先生はもう休んで下さい。どうせ明日も早いんでしょう？　ああ、いや、もう今日ですね」

「どうせは余計だけど、早いのはそうね。でも、せめて何か出しておく？　着替えとか、他にいるものとか」

「自分でやりますよ」

厚田は笑い、部屋を見て、気が付いた。ベビーベッド、紙おむつ、ほ乳瓶や新生児用のタオルなど。子供のために揃えた一切合切が、部屋からきれいに消えている。厚田の戸惑いを見て取って、

「欲しい人にあげたのよ」

と、妙子は言った。

「市報にそういう欄があるの。ベビー用品は高いから、欲しい人が大勢いてね」

これがその戦利品。そう言って、バスケットに盛られた菓子を指す。

「夕食代わりに重宝したわ」

「いや……それじゃ栄養が取れませんって」

もっと気の利いたことを言えればよかった。栄養のことなんかじゃなく、もっと、こう、心に響く優しい言葉を。

「お風呂が沸いたわ」と妙子は微笑み、

「栄養なら、学食で充分に取れるから」と付け足した。


さして広くない湯船に浸《つ》かって、厚田は、失った命のことを考えた。

もしも赤ん坊が生まれていたら、今頃は捜査の合間に産婦人科を見舞っていたことだろう。狭い風呂場にベビーバスが置かれて、リビングにはおむつが並び、赤ん坊の泣き声で眠れぬ夜を過ごしたろうか。

今となっては、失ったものがなんなのかさえ想像がつかない。

両手に湯をすくって顔を洗い、久しぶりにシャボンを立てて髭《ひげ》をあたった。さっぱりして風呂から上がると、ダブルベッドの片側で、すでに妙子は眠っていた。

閉めたカーテンが仄《ほの》かに明るい。夜は白々と明け始めていて、布団の襞《ひだ》に陰影がよる。ベッドに入り、手を伸ばしたら、彼女は自分を受け入れてくれるだろうか。本当に眠っているのか。それとももしや、眠ったふりで俺を待ち望んでいるということはないだろうか。

厚田はベッドに腰掛けて、静かに布団にくるまった。

自分たちは夫婦のはずだ。それなのに、なぜか歯車が狂いっぱなしだ。ほんの頭一つ離れた場所で眠るこの人を、次々に不幸が襲ったからだ。俺は彼女に何をしてやり、何から守ってやれたのか。自分の方を向いて眠る妙子の顔をじっと見た。額に乱れる髪に手をかけて、抱き寄せたなら、白々と明ける光の中で彼女を抱けたら、俺たちは本当の夫婦になれるのだろうか。

厚田は妙子の髪に腕を伸ばした。「ん……」と、妙子が頭を捻《ひね》る。その刹那《せつな》、けたたましい音で電話が鳴った。

厚田は布団から飛び出して受話器を取った。

「死因究明室の両角だがね、西荒井署の照内さんから電話があって、荒川《あらかわ》の河川敷で溺死体《できしたい》が揚がったそうだよ」

俺と先生を間違えている。

「両角教授、先日はどうも」

そう言いながら振り向くと、妙子がベッドに起き上がって、

「なに？」と、訊いた。

明らかに妙子に掛かった電話なので受話器を渡すと、いくらか話して、電話を切って、彼女は説明してくれた。

「早いけど、今から検視に行くわ。荒川でホームレスの溺死体が揚がったの」

「事件性が？」

「そうじゃない」

言いながら、妙子は出掛ける支度を始めた。クローゼットを開けて服を出し、寝室の襖《ふすま》を半分閉める。その奥で着替えをするためだ。厚田はベッドに腰掛けた。

「溺死体の検視を学生たちに見せたくて、照内さんにお願いしてたの。彼らの中からいずれ優秀な検死官が出るかもしれないでしょう？」

「それで現場へ行くんですね」

襖の陰から顔を覗《のぞ》かせ、「実地体験よ」と、妙子は答えた。

「土左衛門《どざえもん》は皮膚がふやけてしまうから、重いし、脆《もろ》いしで特殊なのよね。体に入り

込んでいる水生生物とか珪藻類《けいそう》とか、そういう専門的な知識もあって、両角教授が研究対象としている案件のひとつなの」

すでにブラウスとスカートに着替えて、妙子は出て来た。

「学生たちも現場に向かっているようだから。あなたは休んで。タクシーを拾うわ」

「いや、送って行きますよ」

立ち上がろうとすると、妙子はそばに寄ってきて、厚田の唇に人差し指をかざした。

「いいから寝て。少しは休んでおかないと、刑事は粘りと体力が勝負でしょ。私の敵を取る約束よ。あの犯人を捕まえて」

確認するように厚田の瞳《ひとみ》を覗き込み、妙子は部屋を出て行った。ガチャリと玄関の鍵《かぎ》が掛かる音を聞いてから、厚田は煙草を一本点《つ》けた。

やれやれという気持ちだった。


夢の中で、妙子に掛かった電話の音を聞いていた。それにしてもけたたましい音なので振り払うように腕を上げ、厚田はガバリと跳ね起きた。

鳴っているのは本物の電話だ。

「はい」

寝ぼけ声を払拭《ふっしょく》するように、敢《あ》えて大きな声を出す。

「ガンちゃん、容疑者が浮かんだみたいだ。すぐ署に戻れ」

相棒の西嶋からだった。


その一時間後には、厚田は玉川署の合同捜査本部にいた。容疑者らしき人物にあたりをつけたのは鑑取り捜査をしていた班で、渡辺泰平一家が借りていた家や土地の権利がらみで浮上してきた話だという。

「渡辺家が借りていた一戸建ては、土地と建物の持ち主が別だ。大家は建物の持ち主で、定期借地権を有しているが、土地のオーナーは周囲の土地と絡めて一帯を売却したい腹だったようだ」

そういえば、現場にはマンション建設の看板が立っていたし、地上げ屋などと呼ばれるヤバい奴らが徘徊《はいかい》しているという話もあった。ここ数年の景気過熱で不動産価格が高騰している。地上げ屋が横行して土地を持つ個人に嫌がらせをし立ち退きを迫り、安く買い叩《たた》いた土地を高値で売って儲《もう》けているのだ。

「大家は借地権を土地のオーナーに売却返上してもいいと思っていたようだが、実際には渡辺家との契約がまだ残されていた」

鑑取り捜査を指揮する部屋長は、その後の説明をするよう部下に促した。

「渡辺泰平は警視庁で働く警察官です。大家はそれを知っているから強くも言えなかったのでしょう。念の為マル害の周辺で聞き込みもしてみましたが、渡辺家のほうではそのへんの事情には無頓着だったらしいです。大家はそれとなく立ち退きを促していたようですが、登校先など子供たちの教育環境が変わることを望んでいないという理由で受け付けてもらえなかったと言っていました」

土地のオーナーに一帯の売買契約を持ちかけていたのは大阪の不動産業者だということだ。この会社は東京だけでなく長崎や香港《ホンコン》にも支社を持ち、近く中国にも進出する勢いだという。

「兼丸《かねまる》不動産にはきな臭い噂がありました。社長の金《キム》は大連《だいれん》の出身です。人相の悪い若者を数名、常に身辺に置いているようですが、その中の一人が最近姿を見せていないこともわかってきました」

壇上の模造紙に貼られた新しい写真を、立ち上がって係長が指す。同じ資料は厚田らにも配られて、中に社長の金や、彼を守るように周囲に立つ男たちの写真があった。一人をクローズアップしているところをみれば、そいつが姿を見せない若者ということになるのだろう。

「子飼いのチンピラは、本名も年齢も不明ながら、金社長は彼を『コム』と呼び、コムは金社長を『親父』と呼んでいたようです」

年齢は二十代後半というところだろうか。細身で、黒いパーカーを着て目深にフードを被《かぶ》っているが、細い一重の目は眼光が鋭い。身長はあまり高くない。顎《あご》がしゃくれて頬はこけ、どことなく思い詰めた感じのする青年だ。

「この会社の周辺では不動産売買に絡んだ行方不明者が数名出ていることもわかってきました。証拠不十分で刑事事件になっていませんが、きな臭いことは事実です」

「香港か……なら、カラテルも手に入ったかもね……」

西嶋が小さな声で呟《つぶや》いた。厚田は捜査手帳にメモを取りながら本庁の刑事の言葉を聞いていたが、捜査の基軸が兼丸不動産の周辺を洗う方向に傾いたとき、思い切って手を挙げた。どうしても、気になることがあるのだった。

「なんだ？」

壇上から係長が訊《き》く。厚田は席を立った。

「殺害現場に血で描かれた円や、マル害の心臓が刳《く》り貫《ぬ》かれて中央に置かれていたことはどう見ますか」

「見せしめだろう。それが香港ヤクザのやり口なんじゃないのかね」

係長は血のサークルについて捜査している班に目を向けた。責任者が立ち上がる。

「現在のところ、儀礼的な意味を含め、わかっていません。さっぱりです」

「立て続けに四人も殺したんだ。犯人が異常な興奮状態にあったとしてもおかしくはない。頭に血がのぼってああいうことをしたんだろう。異常者の心理はわからんよ」

血のサークルについての捜査も引き続き進めると一課長は言って、捜査会議は終了した。今まで雲を掴《つか》むようだった事件に手がかりが見えたことは、たしかにひとつの収穫といえる。捜査陣にも熱気が宿り、一同はあっという間に講堂を出て行った。


その直後、厚田らの班へは数日内に現行の捜査を終了させるようにと通達があった。大筋の方向性が見えてきた今、兼丸不動産に捜査員を割いて早期に事件を解決したいというのが本部の意向だ。こうしている間にも細かな事件は次々起きるし、時間が経つほど情報を拾うことも難しくなっていくからだ。

「クラさん、俺たちはどうします？」

デスクに戻って厚田が訊くと、西嶋はいつものとぼけた感じで、

「そりゃまた横須賀でしょう」と言う。

期限いっぱい謎の凶器を追う判断だ。おばちゃんに操まで捧《ささ》げたのに引き下がれないと言われたときには、笑っていいものかどうか判断に迷ったが、件《くだん》のベテラン娼婦《しょうふ》が西嶋の『母ちゃん』より年長だったと聞いたときには声を上げて笑ってしまった。

日中だったのでタクシーではなく交通機関を使った。女とバイヤーが住んでいたアパートの大家は一帯の地主で、それとわかる邸宅ではなく、古い一軒家に住んでいた。

「黒岩《くろいわ》さんには参りましたよ」

庭に畑を持つ平屋の縁側に腰を下ろして、老婆は言った。所有する不動産から相応の収入を得ているはずだが、着ているものにも、家の佇まいにも、つましさがにじみ出ている。今も畑で草取りをしていたらしく、もんぺに割烹着《かっぽうぎ》、首に巻いた手拭《てぬぐ》いはいつ頃のものなのか、『三河屋《みかわや》』の文字が入っていた。

「あの子はね、この裏の大学に通ってたんですよ。親に迷惑をかけたくないから、安い住まいを探しているって、それで、入学したときあのアパートを貸したのよ」

片手で汗を拭《ふ》きながら、片手は縁側のささくれを毟《むし》っている。常に何かをしていなければ落ち着かないタイプのようだ。

「出身はどこか、訊きませんでしたか」

「佐賀じゃなかったかしらねえ。すごい田舎だって話していたような気がしますょ。明るい、いい子だったんだけどねえ。それが、大学は中退しちゃうし、派手な化粧をするようになって」

「最近まで住んでいたんですよね？」

厚田が訊くと、「そうよ？　それがね」と、老婆は右手で空を切った。

「お家賃は真面目に振り込んでくれていたんだし、もう契約は更新しないことになっていたからあれなんだけど、最後のひと月分は踏み倒しですよ。どこへ行ったか挨拶《あいさつ》もないなんて、非常識極まりないと思いますよ？　変な男を引き込んでさ、オートバイは道に駐《と》めるし、前は礼儀正しい子だったのに……変な男がつくとダメですよ。あの子はもうダメ。挨拶もなしにいなくなるなんて。部屋にもね、荷物が置きっ放しなのよ。鍵《かぎ》も返してこなかったしね。どうせ取り壊すからいいんだけれど」

厚田と西嶋は顔を見合わせた。

「部屋を見せてもらえませんかね。よろしければ」

大家はお好きにどうぞと言った。

「鍵は開いてますから。誰でもね、中に入って好きなものを持っていってくれればいいと思って。いなくなったときだって、ドアが開きっぱなしだったんだから」

「ちなみに、あのアパートは幾らの家賃で？」

「三万五千円よ。最初のときからずっと同じで、家賃は上げていないんですよ。黒岩さんがあそこに来てから七年間、ずっとね」

それで厚田と西嶋は、再び件のアパートへ向かった。

昨夜は夜目にも酷《ひど》い建物だと思ったが、白日の下で見るアパートはさらに酷かった。ひび割れたモルタルにはシミが浮き、錆《さ》びた手摺《てす》りは歪《ゆが》んでいる。二つある内階段はところどころコンクリートが欠けており、何かの拍子に建物全体が斜めになって倒れるのではないかと思われた。

「ここに三万五千円……それを七年間もねえ」

西嶋がボソリと呟く。階段をのぼった先は一畳分ほどのスペースで、コンビニの袋に押し込んだゴミが散乱していた。玄関ドアは板にのぞき窓のある古いタイプで、ペンキが剝《は》げて大家の縁側同様にささくれ立っている。西嶋がドアノブに手をかけると、回しもしないのにドアが開いた。

「あー……まあ……ねえ……」

内部を眺めて西嶋が言う。

黒岩リョウコなる人物の部屋は荒れ放題になっていた。汚れて散らかっているというのとは違う。割れた皿、散らばった化粧品、バッグ、付け毛、雑誌、カップ麺《めん》の食べ残しに下着まで……何かを叩きつけたかのような穴が壁に開き、障子の桟は折れていた。明らかに、繰り返された暴力の痕跡《こんせき》だった。

「黒岩リョウコは無事なんですかね」

厚田が言うと、西嶋は「さあね」と答えた。玄関で靴を脱ぎかけ、思い直して靴カバーを履いて室内にあがった。散乱するあれこれの下に、何かの破片が落ちているかもしれないからだ。

案の定、西嶋の靴がパリンと何かを踏んだので、厚田も倣って靴カバーを履いた。大家は誰かが何かを持っていけばいいのにと言ったが、人が欲しがるようなものなどひとつもない。黒岩リョウコが暮らした部屋を見るにつけ、厚田は『安物買いの銭失い』という格言を思い出した。

それにしても薄暗いので照明を点《つ》けると、部屋中がピンクに染まってハッとした。繁華街の場末で稀《まれ》に見る大人用玩具《がんぐ》の店のようなどぎつさだ。仕方がないのでカーテンを開けたが、通りが狭いうえに建物が密集しているので外光は入ってこない。

西嶋は手袋をつけて床や卓袱《ちゃぶ》台《だい》を物色し始めた。注意しないと爛《ただ》れた生活の片鱗《へんりん》を拾い上げてげんなりする。部屋の様子からして女とヒモの間にトラブルは絶えなかったようだし、慢性的な暴力を受けていた可能性もある。それでもやることはやるのだから、男と女の仲はわからないものだ。

「二人はどこへ消えたのかなあ」

しばらくすると、西嶋はチラシを拾い上げて呟いた。

チラシの裏には汚い文字で、『ブーツ1、ダガー1、ブッシュ（小型？）』他に日付や場所が書いてある。専門誌の編集部で話を聞いたから、それらがナイフの形状を示していることは厚田にもわかった。

「やはりナイフを扱っていたみたいですね。でも、本人がいないことには」

警察官一家の殺人に使われた凶器の特定や入手経路は依然として不明なのだが、形状が特殊なのでナイフそのものから犯人につながる可能性は否めない。

「お話は聞けないねえ……さて」

西嶋はさらにゴミを漁《あさ》った。厚田も紙切れ一枚まで裏返していく。六畳程度のリビングを見てから隣の四畳半へ入っていくと、襖《ふすま》の破れた押し入れでアルバムらしきものを発見した。黒岩リョウコの卒業アルバムのようだった。

「クラさん」

呼ぶと西嶋がやってきて、アルバムを開ける。黒岩という苗字を持つ生徒は何人かいたが、リョウコという名の女性は一人だけだ。高校時代の黒岩良子は丸顔で小太り、この年代特有の表情で写真に写っている。自分にもあるはずの未来を掴みきれずに、鬱々《うつうつ》として暗い表情だ。

「リョウコは良子と書くんですね」

厚田は呟《つぶや》く。名前を知ると、少しだけその人物を知ったような気になる。

他にも何かないかと探っていると、押し入れの床に敷かれた古新聞の間からスナップ写真が見つかった。こちらは働いていた店で撮影したもののようで、鎖骨に水が溜《た》まりそうなほど痩《や》せた女が、ケバい化粧で写っていた。目や鼻の位置、唇の幅や厚さを照らしてみれば、黒岩良子本人で間違いない。

「変われば変わるもんですね」

西嶋に写真を渡して厚田が言うと、

「尋常な痩せ方じゃないなあ」

と、西嶋が答える。彼は写真とチラシのメモをビニール袋に入れ、念の為にと、毛布やシーツ、古着の山など、押し入れの中身をすべて引っ張り出した。丸めてくしゃくしゃになった布が出てきたので広げてみると、それは男物のティーシャツだった。

サイズを見る限り、ヒモは小柄のようである。さらに探してみたものの、男物の品はこれ一枚きりだった。

「それにしても、残されているのは黒岩良子のものばっかりですね。残念ながら、タトゥー男のほうは写真もないし」

さらに押し入れに頭を突っ込んでいる西嶋に言うと、

「そうね、ガンちゃん。いいところに気が付いた」

尻《しり》で押し入れを塞《ふさ》いで西嶋が言う。

この様子では女の死体が布団に巻かれて押し込められていてもおかしくはないと思ったが、幸いそうはならなかった。すべてを引き出すと西嶋は上段にのぼり、天井裏まで確認してから、埃《ほこり》まみれで押し入れを出てきた。

「天井裏に小金を隠していたみたいだな。天板が外れて隙間があった。女はそれだけ持ってトンズラしたんだ。だから女の品だけ残ってるんだよ」

「ヒモ男の暴力に耐えかねてってことですか？　そうか……男のほうは身の回りの物を整理して出たから、こんな状態なんですね。痕跡を残さず出て行ったってことは、男の方も訳ありってことですか」

「多分ね」

西嶋はさらに散らかってしまった部屋を見た。どこもかしこも荒《すさ》んでいるが、ゴミの中からシャブを炙《あぶ》った銀紙や吸引器が見つかった時は緊張した。ヒモ男が扱っていたのは、ナイフだけではない可能性が出てきたということだ。

「これじゃ到底、男の足取りはつかめませんねえ」

「そういうことだね」

手持ちのカードは切ってしまった。

二人はラーメン屋で腹ごしらえをしてから、電話で係長の指示を仰いだ。係長は、上がれるのなら今日は帰れと言った。捜査が長引いて捜査員たちが疲労困憊《こんぱい》しているのに加え、近日中に兼丸不動産がらみの大捕物があると見越しての指示だった。バイヤーの足取りが消えたことに関しては、落胆した素振りも見せなかったと西嶋は言う。

さらに、黒岩良子の部屋で覚醒剤《かくせいざい》使用の痕跡が見つかったことに関しては、管轄の神奈川県警に連絡を入れておけと指示された。他の所轄の仕事まで取るなというお達しだ。捜査本部は凶器からホシを追う線を切り捨てて、兼丸不動産にくっついていたコムという男にターゲットを絞ったのだ。

突然時間が空いた午後六時過ぎ。厚田は死因究明室へ電話してみたが、誰も電話に出なかった。妙子は早めに帰れるのだろうか。それとも、ホームレスの土左衛門《どざえもん》と未《いま》だに格闘しているのだろうか。

　思い付いて西荒井署に電話してみると、照内がまだ残っていた。

「厚田か、久しぶりだな。そっちは色々大変そうだが、どうなんだ。元気でやってるか？」

　久しぶりに聞く照内の声だ。彼はたたき上げの刑事だが、大した役職に就くこともなく、間もなく所轄の西荒井署で定年を迎える。刑事一年目の厚田を教育してくれた恩人で、厚田は彼を『親父《おや》っさん』と呼んでいる。

「元気ですよ。親父っさんこそ、その後ギックリ腰は大丈夫ですか」

　訊《き》くと照内は「うはは」と笑った。

「厭《いや》なことばっかり覚えてるんじゃねえよ。体のあちこちにガタが来るのは仕方ねえとして、俺はまだまだやる気はあるんだ」

　気合い充分な声で言う。今朝早く、妻が親父っさんに呼ばれて荒川へ土左衛門の検視に行ったようですがと水を向けると、照内は、

「そうだそうだ。あの先生のことだ、まだねちっこく調べているのかもしれねえよ」

　しばし言葉を切ってから、「たまには飲むか？」と訊いてくる。

西荒井署に勤務していた頃によく行った駅前のおでん屋で、厚田は照内と会うことにした。

駅周辺の繁華街から少し外れた商業ビルの地下に『いろは』というおでん屋がある。三代続く居酒屋で、酒は一合三百円、刺身が三五〇円、おでんはどれも八〇円で提供される気軽な店だ。店を切り盛りするのは先代の女将《おかみ》だった婆さんで、息子が板場を仕切り、その嫁さんが若女将として客あしらいと会計を任されている。カウンターが数席と、あとは二人掛けテーブルが二つしかない狭い店だが、千円もあれば飲めるので客足が絶えることはない。

満席だったので暖簾《のれん》の下で少し待ち、客が出て来るのを待って店に入ると、厚田と照内はカウンターの隅に席を得た。初っぱなからコップ酒で乾杯し、それぞれおでんを注文する。共通で外せないネタは大根で、照内はそれにちくわぶとはんぺんを、厚田は卵とイカ巻きを頼んだ。

「どうだ。先生とは上手《うま》くいってんのか」

女将が皿に盛り付けるおでんを眺めて照内が訊いた。

「ええ、まあ」

と、厚田は曖昧《あいまい》に答える。だし汁の色に染まった大根やはんぺんに、女将は丁寧に汁をかけ、辛子を添える。手を伸ばしてそれを受け取ってから、

「ダメだったんだってな」と照内は言った。

「赤ん坊のことさ。今朝、先生に聞いたんだ。俺としたことが、なんでこんな現場に来てるんですかって、余計なことを言っちまってな」

「臍《へそ》の緒が首に絡んでいたそうで。そんなことがあるんですね」

厚田もおでんを受け取った。よく煮込まれて、卵が飴色《あめいろ》になっている。

「まあな。思うようにいかねえのが人生だが……おまえも色々大変だな」

照内はグビリと日本酒を飲み、箸《はし》で大根を割って頬張った。厚田も卵を箸で割る。だし汁に黄身が溶け出して、透明な汁を濁らせていく。

「土左衛門の検視はどうでした？　ホームレスだそうですね」

「こういう場所で大きな声じゃ言えないが」

まわりをちょっと見渡して、照内はカウンターに頭を伏せた。

「学生たちは固まっていたよ。何人か吐いてたな、可哀想に」

「事件性はないんですよね」

「そりゃわからんが、骨が折れたりはしていなかったから、ホームレス狩りの犠牲者

じゃないだろう。誤って川に転落したか、それとも身投げかもしれねえな」

ちくわぶを嚙《か》みちぎり、

「あそこまで膨らんじまうと、骨を見るしかねえんじゃねえかな」

と、照内は言った。大学は死体を持ってったけど、やっぱり解剖するのかねえと。

「若くて働けるのにホームレス。俺にはよくわからんよ」

遺体は水に浸《つ》かって長かったため、容姿は変わり果て、身元を示すものも持っていなかったという話だが、服装から河川敷で生活していたホームレスだったとわかったという。妙子や両角教授の話では、骨格からしてそれほど歳はとっていないということらしいが、溺死《できし》した男は他のホームレスと交流もなく、年齢や素性を知る者はいなかった。

一帯は定期的に行政が見回りをしているために、ホームレスが同じ場所に居着くことはできないらしい。その一方で、世間が好景気で浮かれる昨今、若いホームレスが増加していることも事実だった。好んでホームレス生活を経験していると話す若者もおり、

「時代なのかね」と照内は言う。

「俺たちの頃にもヒッピーを気取る文化があったが、どっかが歪《ゆが》んでいるんだろうな。

おまえが追ってるような酷《ひで》え事件が起きるのも、そのせいなんじゃねえかなあ。後から後から金は湧くのに、それを使う者に信念がねえんだ。勿体《もったい》ねえよな」

そういえば、と、照内はお通しのキュウリを嚙《か》みながら言った。

「こないだ、うちの奴が日本橋《にほんばし》で面白いホームレスを見たと言ってたぞ」

照内が『うちの奴』と呼ぶのは奥さんのことだろうが、厚田は照内の家庭事情をまったく知らない。もっとも、他の刑事仲間の家庭事情も知らないから、刑事とはそういうものなのだろう。こんなふうに酒を飲んでも、話すのはホシや、挙げた手柄の話ばかりだ。

「面白いって、どんなです?」

「ブランド品のパーカーを着ていたそうだ。若者に人気の、海外の」

「ブランドパーカー……俺はそういうのはさっぱりですが、親父っさんの奥さんは詳しいんですね、ファッションに」

「いや、女房じゃなくて娘だよ。パラソルとかアラレルとか、なんかそういう仕事をしていたんだよ。結婚して辞めたがね」

「アパレルっていうんじゃないですか」

わからんが、パーカーごときが一着三万円もするんだとさ、と照内は言い、

「東京には、ああいうのを捨てる金持ちがいるって嘆いていたな。必死に働いても買えないってのに、捨てられていたら拾って着られる人だっているのねって。価値もわからない人に着られる洋服が不憫《ふびん》だってさ」

「ホームレスがブランド品を着る時代ですか」

「だから歪んでるっていうんだよ」

そう言って、照内は酒を呷《あお》った。

「その娘がな」

とコップを置いて、照れたように眉毛《まゆげ》を掻《か》く。照内は酒が好きだが、決して強い方ではない。酔いが回ったようで、やたらと饒舌《じょうぜつ》になってきた。

「こないだ結婚したんだよ」

「そりゃ、おめでとうございます」

正直なところ、照内に娘がいたことすら知らなかった。

「三十過ぎても家にいるんで、ちょっと心配していたんだが……そっちはまあいい。それで、結婚式が終わってよ、新婚旅行に出掛ける前に、女房と娘に呼ばれてな」

カウンターテーブルに目を落として言うので、厚田は雲行きが怪しくなってきたなと思った。もしかしたら照内は、これを聞いて欲しくて自分を呼んだのではないか。

どこかで訊いた話だが、夫が定年を迎えたとたん、妻に三行半《みくだりはん》を突きつけられて、退職金の半分を持っていかれるのが流行《はや》っているらしい。

無事に長年勤めあげ、これから妻と人生を楽しもうと思った矢先にこれをやられて、夫の方は途方に暮れる。夫はそこで初めて、仕事にかまけて家庭を放りっぱなしにしてきた報いと、長年秘めたる妻の怒りを知るようだ。あれは、そう……週刊トロイで読んだのだったか。

「呼ばれたって、どこにです？」

照内はちくわぶの残りを口に入れ、酒で流し込みながら胸ポケットに手を入れた。年季の入った札入れを出し、中身を指でまさぐっている。

狭い店内は煙草の煙が天井近くに蟠《わだかま》っていたが、若女将が扇風機をつけたとたんに霞《かすみ》のように霧散した。神棚近くに飾られた招き猫の手で、煤《すす》けた蜘蛛《くも》の巣が揺れている。

「呼ばれたっていうか、仏間にさ、二人並んで正座して、真面目な顔で、『お父さんちょっと』って……やあ、正直な、長年刑事をやってきたが、いったい何を言い出されるのか、あんなに緊張したことはなかったよ。刑事はケツの毛まで刑事だからな、家のことは女房に任せっきりで、思い当たることは山ほどあるし」

「なんか言われたんですか？　それともまさか、離婚届を」

照内は笑い、「そうなんだよ」と言う。

「お父さん、これ、とか言って、娘がな、畳に白い封筒を」

厚田は我が事のように胸が痛んだ。

照内は札入れから細長い紙を引っ張り出してテーブルに置いた。ビール券を入れるような白い簡易封筒である。

「中を見てみろ」

「いいんですか？」

いやいや、そんなものを見せられてもなあ、と思いながら封筒を開けると、入っていたのは旅行券だった。

「あれ？　旅行券じゃないですか」

しかも十万円近くもある。照内は破顔して、厚田の背中をドン！　と叩《たた》いた。

「娘がな、コツコツ貯金して買ってくれたんだ。俺は間もなく定年だろう？　自分も嫁に行ってしまうし、だから、定年まで勤めあげたご褒美に、女房と旅行に行ってくれって」

厚田も照内の背中を叩き返した。

「もう、親父《おや》っさん。やめてくださいよ。俺はてっきり」

「三行半だと思ったろ？　俺もだよ」

照内は厚田から旅行券を取り上げて、また丁寧に札入れにしまった。それを胸ポケットに戻してから、日本酒をもう一杯おかわりした。

「いい娘さんじゃないですか」

「そりゃ、俺の娘だからな」

「それに、いい奥さんだ」

「女房には頭が上がらねえんだよ」

日に焼けて皺《しわ》がより、無精髭《ぶしょうひげ》にも白いものが交じる照内の横顔を、厚田は眺めた。刑事がこんな顔で笑うこともあるんだなあと、しみじみ思う。

おかわりのコップをカウンター台に載せ、女将《おかみ》が酒を注ぐ間、照内の前には丸くコップの跡が残されていた。何気なくそれを眺めていると、照内はコップの跡に指を載せ、水滴の円を丸くなぞった。

「そっちの現場、こんな輪っかが描かれてたってな」

「はい」

「どんな理由でやったのか、わかったか」

「いえ、さっぱりで」

ふうむ。と照内は言って酒を受け取り、円から離れた場所にコップを置いた。

「円の意味するところは様々だよな。俺はさ、今回のことで思ったんだよ」

「何をですか？」

厚田が思わず身を乗り出したので、

「事件のことじゃ、これっぽっちもねえよ」

と、照内は前置きをした。

「俺は家庭を顧みなかった。女房や子供には申し訳ないが、俺たちはさ、直接マル害を見るわけだ。そうするともう、生きている人間よりも、マル害の無念を晴らしてやらなきゃと思っちまう。それができるのは俺たちしかいねえんだと」

「わかります」

心臓を刳《く》り貫《ぬ》かれた四人の姿を思い浮かべて厚田は言った。

「でも、それは家族にゃ関係のない話だな。入学式も運動会も参観日も、俺はひとつも出たことがない。自治会の集まりもドブ掃除も、全部女房に押しつけた」

照内は円の一点を指先で叩き、それから線に添って人差し指を動かした。

「女房と上手《うま》く行かなくなったことは何度もあるし、帰ったら荷物をまとめて実家へ帰った後だった、なーんてこともあったよなあ」

「はあ……」

指は半円をなぞって止まる。

「なんだかなあ。地球は丸いって話だよ」

「は？」

と、厚田は首を傾げた。

「酔ったんですか？　親父っさん。何のことだかさっぱりですよ」

照内はまたニヤリと笑い、こう話した。

「俺じゃなくって娘がな、上手いことを言ったんだ。小学生くらいのときだったかな、女房が子供を連れて出て行って、そうしたら、卓袱台《ちゃぶだい》に娘の手紙がな」

――今日、学校で、地球は丸いと勉強しました。丸いだけじゃなくて球体なので、だれかとだれかがケンカして、その人のことをきらいになって、遠くへ逃げれば逃げるほど、二人は近づいていくそうです。お母さんは刑事のお父さんをきらいだといいます。でも、それって、本当は、近づいていることですね――

「上手いことを言いますね。それで、親父っさんはどうしたんです」

「女房の実家へ迎えに行った。頭を下げて、連れて戻った」

厚田も日本酒をおかわりした。

「西荒井署はどうですか」

大分酔いも回ってきてから、厚田は飲み会を締めるつもりで、当たり障りのないことを訊《き》いた。そろそろ妙子は戻ったろうか。うちの場合は互いに仕事を持っていて、それぞれが家庭を顧みないことが、照内の家庭よりもさらに問題なのだ。

「相変わらずだ。朝から晩まで変死業務だ。大都会のあちこちで、毎日どれだけの人間が人知れずに死んでいくのか、民間人には想像もつかねえだろうよ」

照内は煙草を一本点《つ》けてから、

「そっちみてえなでっかいヤマには、当たらねえんだよ、なかなかな」

と、羨《うらや》ましげに言った。定年を迎える前に、大きなヤマを挙げたいのだろう。照内が吐き出す煙草の煙は、すーっと軌跡を描いたあと、扇風機の風に吹かれてどこかへ消えた。

刑事は凶悪事件ばかりを追いかけているわけではない。最も多いのは変死業務と言われる変死体の確認作業だ。どこそこのアパートで人が死んでいる。どこそこの家で住人が亡くなった。こうした通報を受けるたび、刑事は現場へ確認に行く。そうして、その死が事件や事故によるものではないと判断するのだ。

「厚田。気張れよ」

その場の会計を奢《おご》ってくれて、照内とは外で別れた。ごちそうさまでしたと言って数歩行きかけたとき、背中で照内がこう言った。

「夫婦でいる繫《つな》がりも、同じヤマを追う繫がりもある。どっちが深い繫がりかなんて、決めることはできねえよ」

振り向くと、片手を上げて照内が去って行くところだった。

今朝、荒川で揚がった土左衛門《どざえもん》の検視現場で、照内は妙子に何か言われたのだろうか。赤ん坊が死んでしまって、厚田刑事が消沈しているから、お願いしますとかなんとか……

「そんなはずはない、か」

厚田は自分にそう言って、家路につくため駅へ向かった。さすがにもう妙子は帰っているだろうと駅の公衆電話から自宅にかけたが、誰も出ない。念の為に死因究明室へもかけてみたが、こちらもやはり応答がなかった。解剖室にいるのだろうか。それともすでに家に帰って、風呂《ふろ》にでも入っているのだろうか。考えても答えは出ない。ただ、妙子がいる場所を考えるとき、仕事と家以外に選択肢がないのが可笑《おか》しかった。人混みに紛れて電車に揺られ、官舎に戻ったのは十一時過ぎ。厚田の前でちょうど玄関の明かりが点いた。

「先生、今帰りですか？」

玄関を入ると、妙子がヒールを脱いでいた。

「驚いた。不審者かと思って大声を上げるところだったわ」

「そりゃすみません。目の前で明かりが点いたもんだから」

妙子はヒールを横によけ、厚田が靴を脱ぐ場所を作った。

「少し飲んでる？」

「照内の親父《おや》っさんとおでん屋で。先生に電話したけどつながらなくて。そっちはどうでした？　土左衛門の司法解剖に苦戦してたってことですか」

「そうじゃないのよ」

妙子は先にリビングへ入り、

「コーヒー淹《い》れるけど、飲む？」と訊いた。

「いただきます」

新婚何ヶ月目かのスイートホームは、相も変わらず殺風景だ。物は増えず、生活感もない。互いに働きづめなのだからこんなものかもしれないが、揃ってリビングにいる機会すら、まだ数えるほどしかないのだった。脱いだ背広をハンガーに掛け、ネクタイを緩めてテーブルに着くと、妙子がマグカップにインスタントコーヒーを入れて運んで来た。厚田の前に置き、自分の分は持ったまま、はす向かいの席に座る。

「まあね、水死体の司法解剖はかなり大変なのよ。学生たちにはいい勉強になったでしょうけど、遅くなったのはそのせいじゃないの」

マグカップを握ったままで自分を見ている厚田に気付くと、妙子は、

「事件性があるかどうかはわからなかった」と、言った。

「ふやけて表皮が流れてしまったところも多くてね。まだ服を着ていただけよかったのよ。土左衛門はガスの発生で体が腫《は》れて、服を破ってしまうことも多いから。服の下は調べられたけど、外傷はみつからなかったし」

「若い仏さんだったってことですが」

「三十代より若いかもね。頭蓋骨《とうがいこつ》を調べているから、じきにわかるわ」

多くの死体を見ている検死官でも、こんな死に方は御免被りたいと思うひとつが溺《でき》死《し》だという。溺死と轢死《れきし》はトラウマを生むほど凄《すさ》まじいものよ、と妙子は言った。

「死体検案書は照内さんの署に出すわ。でも、それとは別に」

ジョージなの。と、厚田を見つめて妙子は続ける。

「今日、また、病院で暴れたみたいで……」

「え？　それで病院へ行ってたんですか。こんな時間まで」

「そうよ」

「なんで先生がそこまでするんです。もう関係ないでしょう」

声に恨みがましい調子が混じって、厚田は自分を女々しいと思った。いや、女々しかろうがなんだろうが、彼女がそこまでする義務はない。妙子はむしろ被害者なのだ。

「個人的には関係がない。でも、彼の知識が惜しいのよ」

「じゃあ、どうしようっていうんです？　あの変態を」

思わず辛辣《しんらつ》な言い方をした。それでも妙子は気にもせず、

「変態法医昆虫学者。そのとおりね」

唇を歪《ゆが》めて笑っている。

「前も言ったけど、サー・ジョージがしたことと、彼の能力は切り離して考えているの。あの男は母親の幻影に怯《おび》えてる。お母さんが死んだと思えれば、奇行は止むんじゃないかしら」

「だから何度も言っているじゃないですか。母親を殺したのはおまえだと」

「それだけじゃダメなのよ」

妙子は毅然《きぜん》とした目を厚田に向けた。

真もある。

「毎日毎日確認したいの」

「確認したいって……どうやって」

妙子はマグカップをテーブルに置き、自分の鞄《かばん》を持ってきた。中を開けて、何かを取り出す。それは母親の屍骸《しがい》を写した写真だった。ドレスを纏《まと》って死体袋に横たわるもの。ドレスを剝《は》がれて解剖台に横たわるもの。まだ体内から虫が湧き出している写真もある。

「大学に頼んで入手してきたの。明日、これをサー・ジョージの病院へ持っていく。これを見れば、少しは落ち着くんじゃないかと思って」

厚田は写真を手に取って眺めたが、とても直視できるものではない。画像を見るだけで、あの日あの部屋で嗅《か》いだ屍臭《ししゅう》と、あの部屋で聞いた虫の音が蘇《よみがえ》ってくる。せっかく妙子が淹れてくれたコーヒーだったが、もう飲むことができなくなった。

「俺が心配してるのは」

「あたしのことよね？　ありがとう。わかってる」

そう言って、妙子は写真を手に取った。

「彼に執着しているわけじゃない。彼が蓄積している知識と経験は、彼にしかないものなのよ。他の誰にも真似できない。少なくとも、彼に学んだ誰かが育つまでは」

「だからって、奴は殺人犯ですよ」

「ねえ……？　本当に大切なことは、なんなのかしら」

妙子は静かにそう言った。

「人間が人間の死体をバラバラにする。人体解剖は、かつて悪魔の所業といわれていたのよ。だから外科医は密《ひそ》かに死体を探すしかなかった。最初は死刑囚を。それから野垂れ死んだ人の遺体を。でも、そうやって、人は人の体を知ったの。医学の恩恵には与《あずか》るというのに、探究する過程や、それをする者を人は蔑《さげす》む。ちょっと都合がよすぎるんじゃない？」

「それとこれとは」

「おんなじよ。サー・ジョージのような変態こそが、執念深く探究するの。そうやって蓄積した知識を活用しないなら、その人の視野は狭いのよ。変態だろうと殺人者だろうと、彼が役立つことは多いわ。私は彼を死なせたくないの」

それは愛ではないのだろうか。

厚田にはよくわからなかった。自分の視野は狭いのか。狭量で浅はかな考えだろうか。それでも妙子をこれ以上、あの男に関わらせたくないというのが本心だ。けれどもそれを彼女に告げて、いったいどうなるというのだろう。

テーブルでコーヒーが冷めていく。湯気が立たなくなったコーヒーを見て、厚田はため息をついていた。

「ああ、悪かったわ。疲れているのに」

「いや、いいんですよ」

「厚田刑事。あなたが教えてくれたのよ。私に、真っ当な怒りを持てって」

妙子はニッコリ微笑んだ。

「白状するけど、あなたに会うまで、私は司法解剖するご遺体にも名前があると考えたことすらなかったの。運ばれてくるご遺体はナンバーで、解剖はただの作業だった。もちろん検案はしっかりやったけど、遺体の声を聞くという感覚まではなかったの。希薄だった、あなたに会うまで」

厚田は黙っていた。初めて会った瞬間から、妙子という女性は強烈だった。わずかな疑問、わずかな謎にしつこく食らい付いてきて、向こう見ずだと思ったくらいだ。その彼女に自分が何かを教えたなんて、思いもしないことだった。

「あなたが私を検死官にしてくれた。執念深い検死官に」

妙子の瞳《ひとみ》に何かが浮かぶ。それは決意と、たぶん自信だろうかと厚田は思い、そして、ジョージと彼女の関係を消化し切れていないのは自分なのだと悟った。

警察官一家惨殺事件の犯人を捕まえて、敵を討って欲しいと彼女は言う。
そのとおりだ。そいつのせいで俺たちは、親になるチャンスを失ったのだから。

# 第五章　迷宮入り

翌早朝、厚田は玉川署から緊急呼び出しを受けた。

管轄区内のアパートで、若い女性の他殺体が見つかったのだ。

「大家からの通報で、言い争う声がうるさいと賃借人から苦情を受けて、注意しようと部屋へ行き、遺体を発見したと言っている」

係長はすでに現場にいて、遅れて来た厚田らに説明をした。

「被害者は小林早知子《こばやしさちこ》、二十五歳。ＯＬということになっている。十日ほど前に越してきたばかりだそうだが、部屋を見る限り、訳ありのようだ」

現場は通り沿いのアパートで、隣が畑、その裏が大家の家らしい。アパートは二階建てで、上下に四室、合計八室がある造りだという。事件が起きた部屋は一階の角部屋で、道路と畑に面している。厚田が臨場したとき現場はすでにブルーシートで囲われて、大家に苦情を言った隣室の住人と、大家本人が聴取を受けていた。

鑑識が顔を出し、中を見ていいと合図する。厚田は西嶋や係長と室内に入った。オレンジ色に塗られた玄関ドアは、内側に血痕《けっこん》がついている。入ってすぐが台所になる仕様だが、そこに女が仰向《あおむ》けになって倒れていた。女は服を身に着けたままで、首、手のひら、腕などに傷を負っている。ドアを開けたとたんにこの光景を見たのなら、大家はさぞかし肝を冷やしたことだろう。

「致命傷は背中の傷だな。たぶん内臓に達してる」

遺体のそばに跪《ひざまず》いて検視官が言う。

「逃げようとドアに手を掛けたところを、背中からひと突き。引き倒して首に切り付けたんだろう」

床にはごっそりと髪の毛が抜け落ちていて、厚田は警察官一家惨殺事件の現場を思い起こした。

「ちょっと見てくれ」

ベテランの検死官は死体の腕を指さした。恐らく、犯人ともみ合ったとき袖《そで》を摑《つか》まれて破れたのだろう。片袖が千切れて手首のあたりに絡まっていたが、袖をめくると無数の注射痕《こん》が残されていた。

「シャブ中か……」

係長がそう言った。

被害者は十日ほど前に入居したばかりだと大家は言うが、部屋に家財道具は皆無であった。あるものといえばボストンバッグひとつと、毛布が一枚だけ。炊事も洗濯もした形跡がなく、トイレに置かれていたのもトイレットペーパーではなく箱ティッシュだった。弁当や飲み物の殻がコンビニ袋に入れて放置されていて、捜査員が中をあけて弁当の日付やレシートを確認している。最初の一撃を受けたのは何もないリビングらしく、室内を逃げ回るなどしたために、至る所に血が飛び散っていた。

「可哀想に。随分怖い思いをしたんでしょうね」

厚田は遺体に合掌した。

足跡や指紋の採取、部屋の写真撮影、様々な採証活動の最中に、被害者のボストンバッグから古いお守りがひとつ出てきた。

「祐徳稲荷《ゆうとくいなり》神社のものですね。けっこう使い古されてるな」

鑑識官がそう言った。厚田はそれを見せてもらった。学業成就と書いてあるから、学生時代に手に入れたものかもしれない。

「修学旅行にでも行ったのかな」

呟《つぶや》いていると、外で聞き込みをしていた西嶋が戻ってきて係長に言った。

「小林早知子が勤めているという会社ですが、実在しないようですね。大家の契約書もけっこう適当で、本籍が奈良というのもデタラメでした」

「やっぱりな。堅気じゃないとは思ったが」

係長は頭を掻《か》いた。死体袋が運ばれて来て、女が袋に詰められる。その時、なぜか厚田は閃《ひらめ》いた。

「クラさん。もしかして黒岩良子じゃないですか？　この女……」

「なんだって？」

二人同時に遺体に寄った。顔も体も血まみれで、会ったこともない黒岩良子と同一人物かどうかはわからなかったが、鎖骨に水が溜《た》まりそうなほど痩《や》せこけているのは間違いない。

「なんだ、黒岩良子ってのは」

係長に訊《き》かれて西嶋が事情を説明した。警察官一家惨殺事件で凶器となったナイフを追う過程で、バイヤーと同棲《どうせい》していた女がそれだと話したのだ。

「なんでこれがその女だと思うんだ」

係長に訊かれて「いや……」と厚田は歯切れ悪く答えた。

「ちょっと思っただけなんですが。祐徳稲荷神社って佐賀ですよね？　黒岩良子の出身も佐賀だったんで。あとは」

彼女の住まいに残されていた暴力の痕跡《こんせき》だ。黒岩が男から逃げたとすれば、追われて事件に巻き込まれたことは充分に考えられる。

「黒岩良子の部屋からは、チラシと写真を持ち帰っています。指紋を調べれば本人かどうかわかるでしょう。死体の顔は……」

ちょっとわかりませんねえ、と西嶋は言う。

「写真と似ても似つかない気もしますけど。まあ、写真は夜の顔なんで、そもそも土台がどうなのか、まったくわからない塗り方ですけど」

昼近く、女の遺体が玉川署へ運び込まれてきた。見分室に置かれた死体を囲んで警察医が死因を判断する。検視官の見解どおり、直接の死因は背後から一撃された刺し傷だという。形状からして両刃のナイフ。ただし、セレーションのギザギザ跡はなかった。遺体は行政解剖に処せられて、血痕を洗い流した後の顔が写真に撮られた。その顔は、厚田と西嶋が横須賀のアパートで見た黒岩良子の卒業写真によく似ていた。やつれて頰がこけ、顔中に黄色い痣《あざ》が残されていた以外は。

『玉川〇丁目における二十五歳女性刺殺事件』

玉川署には新たな捜査本部が立ち上がり、厚田と西嶋は『世田谷区警察官一家惨殺事件』の合同捜査を外れた。そちらの捜査は犯人の目星がついて、多くの捜査員を動員する必要がなくなったからでもあった。

ひとつの捜査が終わったら、次の捜査が待っている。厚田は妙子に電話を掛けて、またしばらく帰れそうにないと告げた。

「大忙しね」

と電話口で妙子が苦笑する。

「刑事や検死官が大忙しなのは、ちっともありがたくないけれど」

そう言う妙子の背後でも、けたたましく電話が鳴っている。妙子君、と呼ぶ両角教授の声もする。結婚で苗字が変わったことを常に失念してしまう両角教授は、苗字ではなく名前で呼ぶことにしたらしい。

「ごめん。千葉大から電話が来たわ」

そう言って、妙子はそそくさと電話を切った。

——夫婦でいる繋《つな》がりも、同じヤマを追う繋がりもある。どっちが深い繋がりかなんて、決めることはできねえよ——

なぜなのか、照内の言葉が胸を過《よ》ぎった。

翌日の午前中には、小林早知子の指紋が黒岩良子のものと一致した。さらに、アパートから検出された第三者の指紋のなかに、西嶋が持ち帰ったチラシの指紋と近しいものがあることも判明した。おそらくは、タトゥーを入れたヒモ男のものと思われる。

黒岩良子は佐賀県鹿島《かしま》市の出身で、それなりの家柄に生まれ、看護婦になる夢を抱いて保健福祉大学へ進んだということもわかった。生まれつき真面目で思い詰める性格だったのが災いしてか、大学を二年で中退すると実家とも疎遠になって、あとは転落の一途を辿《たど》ったらしい。遺体は髪を黒く染め直し、化粧もしていなかったことで失《しっ》踪《そう》当時の外見とは大きく変わっていたのだが、黒岩良子自身がすでに麻薬常習者だったことからも、薬を買った都内の売人がヒモ男に彼女の居場所を伝えた可能性があると思われた。蛇の道は蛇という故事があるが、ひとたび裏社会とつながってしまえば、世界はどんどん狭くなるのだ。

「タトゥーなどの情報から、ヒモの正体が判明した」

捜査会議の席で、係長が模造紙に貼られた写真を叩《たた》いた。

写真の男は色黒で、髪にチリチリのヘアアイロンを当て、唇にピアスを通していた。名前はバーミーン・オウェイス・健《けん》。ハーフだという。

「母親は日本人、父親はトルコ人の技術者だ。バーミーンは町田市《まちだ》で生まれ、実家で両親や兄弟と暮らしていたが、十七歳のとき、傷害と恐喝容疑で少年院に送致されている。退院後は地元の宅配業者で働いていたものの、集金をネコババしてクビになり、以降の消息は不明だった。最近は女をよからぬ店に斡旋《あっせん》して小遣い稼ぎをしていたようで、被害者の黒岩良子ともそれで知り合ったとみられている。女をシャブ中にしていかがわしい店で働かせるというやり口からして、ナイフのバイヤーというよりは、ヤクの売人が本職だったのかもしれない」

バーミーンは身長百七十センチ弱。年齢は三十二歳で住所は不定。定住先を持っていない。黒岩良子殺害後に逃走を続けているとして、潜伏場所がなければ長く逃げ続けることは難しいだろう。厚田と西嶋は顔を見合わせた。

「黒岩良子が以前住んでいた横須賀のアパートが、まだそのままになっています。覚《かく》醒剤《せいざい》を使用した痕跡があったことは神奈川県警に通報済みですが、バーミーンはそれを知りません。アパートは近く取り壊される予定ですが、電気が止められていませんでしたから、おそらく、ガスも水道も使えるのではないかと思います」

厚田が言うと、

「潜伏先として立ち寄る可能性もあるってことだな？」

と係長は頷《うなず》いた。

「小林早知子と黒岩良子が同一人物であることも、まだ報道されていませんからね」

そう言って、西嶋は頭を掻いた。

「俺とガンちゃんで張り込みますよ」


大家に話して、厚田と西嶋は横須賀のアパートにある一階の空き部屋を借り受けた。バーミーンはここが無人だと思っているから、厚田らは電気も水道も使えない。幸いトイレは簡易水洗だったので、張り込みで最初にすることは、トイレを流すための水を運び込むことだった。

「奥さんとは上手《うま》くいってるのかい？　その後はさ」

準備が済むと、台所の床に胡坐《あぐら》をかいて西嶋が訊いた。靴は履いたままで、すぐに出られるよう玄関ドアも施錠していない。電気もつかず窓も開けられない室内は、壁に広がるシミや、床にこびりついた古い油や、腐りかけた畳の臭いがする。

外の様子が窺《うかが》える磨りガラスを見上げて厚田は答えた。

「え、まあ……上手くいってると言えるかどうか。お互いほとんど家にいないんで、よくわかりませんが、たまに帰って官舎に明かりが点《つ》いているのは嬉《うれ》しいもんです」

「奥さんも仕事してるの？」

東大の女検死官がその人ですよと厚田は言えずに、はぐらかした。

「三度の飯より仕事が好きなタイプですね」と、
なぜ妙子のことを隠したがるのか、自分でもよくわからなかったが、妙子が吹聴を望まない気持ちは理解ができる。

「職業人かあ」と西嶋は言い、「それって難しくない？」と訊く。刑事の女房としては難しくないかというのだろう。

「クラさんこそどうなんです？　たしか結婚してましたよね」

「ぼくはバツイチ」

西嶋は微《かす》かに笑った。

「愛想尽かされちゃうんだよねえ。民間人と結婚するとさ。家に帰っても捜査の話はできないし、一番は顔つきがさ、捜査中は怖い顔しているらしいんだ。自分じゃわからないけどね」

だから、係長みたいに婦人警官を嫁にもらうのが一番だと言う。職場の内情を知って理解があるからで、婦人警官が早婚なのはそうした事情なのさと笑う。そういえば、渡辺泰平一家も妻が交通課の婦警であった。

「それじゃどうして民間人と結婚したんです」

「勢いかな」

西嶋は小首を傾げた。

「結婚は勢いだよね。あれこれ考えていたらプロポーズなんかできないよ」

自分に照らしてもその通りだった。

「それじゃ、なんで離婚しちゃったんですか」

日は刻々と暮れてゆく。薄暗くなってきた台所で腕組みをして、西嶋はさらに大きく首を傾けた。

「水やりをサボって枯らしちゃったんだな」

「は？」

西嶋は厚田を振り向くと、チラリと白い歯を見せた。

「ガンちゃんは、ぼくがスケベで母ちゃんみたいな女を抱いたと思ってるだろ？」

図星だったので黙っていた。

「やっぱりね。そうじゃないんだ。時々さ、無性に寂しくなることがないかい？　肌の温《ぬく》もりが恋しいっていうかさ、自分が誰かに必要とされている実感が欲しいっていうかさ。本当はねえ、重なるだけでもいいんだよ。それで無性に安心するんだ。それが水だよ。ない？　そういうことは」

「ある気もしますが」

　西嶋は控えめに笑った。

「気もしますがって……ま、そういうものかな。ガンちゃんはまだ若いしね。刑事なんかやってるとさ、怖くなる時があるんだよ。毎日毎日変死体と向き合って、いつかは無事に定年を迎えられたとしても、刑事じゃない自分を思い出せるのかなあって」

「そういうものですかね」

「そういうものさ。覚悟しておいたほうがいいよ」

　それから西嶋は優しげな声になり、

「ガンちゃんの奥さんだって、子供が生まれたら『母ちゃん』って生き物に変身する。だからまあ、もうしばらくは、新婚生活を楽しめると思えばいいんじゃない？」

　もしや慰めてくれているのだろうかと厚田は思い、西嶋の坊主頭が薄闇に暮れていくのをしばし眺めた。厚田は戸を開け放ったトイレに立って、換気用の窓から内階段を見張っている。休息を求めてバーミーンがここに戻って来れば、必ず内階段を通るからだ。人影が映らないよう立ち続けるのは骨が折れるが、仕方ない。

　トイレを使用するタイミングにすら気を遣う過酷な業務は終日続いた。持ち場を交替しながらパンを食べ、見張り続けて集中力が途切れ始めた真夜中のこと。

どこかで微かな音がした。

二階のほうから聞こえてくる。あの場所に散乱していたコンビニ袋が擦れる音だ。西嶋と交替して台所の床にいた厚田が先に気付いた。

(クラさん……)

空気のような声で囁《ささや》くと、トイレで西嶋の声がした。

(誰も通ってないけどね)

畳の軋《きし》む音をさせ、西嶋が厚田のそばに来る。明かりといえば通りの街灯から洩《も》れる光がせいぜいで、部屋の内部は真っ暗だ。幸い家具が何もないので、壁を手探りすれば動くのは容易だ。身構えた厚田の横まで来ると、西嶋も耳を澄ました。

ガサガサ、ガサガサ……

気のせいではない。やはり階上で音がする。やがて、ギイーッと、ドアが開く音がした。二人は無言で立ち上がり、玄関からそっと外に出た。

いつの間にか雨が降り出していて、街灯の侘《わび》しい明かりに雨の筋が光っている。厚田は思わず階段を見たが、雨に濡《ぬ》れた足跡らしきものはない。もっとも、こんなに乏しい明かりでは確認するのも難しい。半面、階上で音は続いている。二階に明かりが点くのを待ったが、その気配はない。

どちらにしても、この内階段を通らずに外へ出るには、部屋の窓から隣地との隙間へ飛び降りるほかない。身軽な厚田が二階へ上がり、西嶋が窓の下で待機する段取りを、二人は指の動きで決めた。

ザッ、ガサガサガサ、ザザッ！　ザーッ！　二階の物音が激しさを増す。

西嶋は裏へ出て行って、厚田は忍び足で階段を上がった。

バーミーンは凶器を携帯している可能性がある。両刃のナイフ、もしくはもっと有効な戦闘用ナイフだ。バイヤーをしているぐらいだから、刃物の扱いにも慣れている。女に覚醒剤を使わせていたことからも、本人が常習者である可能性は大だ。覚醒剤は人を狂わせる。興奮させれば見境がつかず、手がつけられないほど凶暴になるのだ。

厚田はハンカチを出して細く折り、グルグルと右手に巻き付けた。どれほどの効果があるのかわからないが、布も何枚か重なればナイフの一撃ぐらいは防げるものだと、前に照内が言っていた。

ガサガサガサ……厚田は階段を一段上がる。

ザザッ！　静かに一段、重ねて一段。

音の合間を縫って進んで、厚田はついに二階の通路が見える位置まで来た。

内階段は風抜きのために壁が抜け、すぐ先に街灯が照っている。街灯の明かりが階段室にまで洩れているから、立ち上がれば厚田の影が玄関に映る。ドアは半開きで、隙間にコンビニの袋が挟まっている。この部屋はノブのストッパーが壊れていて、風で容易《たやす》く開いてしまうのだ。

通路の手前で体を屈《かが》め、厚田はドアまでのルートを確認した。

室内からは、いまだに激しく音がしている。

はあ、はあ、はあ、と呼吸を数えて、厚田は通路に駆け上がった。音もなく駆け上がったつもりだったのに、その瞬間、ガサガサいう音はピタリと止まった。

厚田は背中を壁に擦《こす》り付けて、ドアの陰に身を隠した。静かな夜なのに、激しく鼓動の音がする。壁を震わせるほど響くのは、自分の心臓の音だった。そのまま気配を窺うも、部屋の内部は無音のままだ。獣のように耳を立て、様子を窺うバーミーンの姿が想像できる。暗がりで、濡れたように眼が光る。バーミーンはソロソロと立ち上がり、物の隙間に足を入れつつ、音もなく玄関に迫ってくる。ポケットから、もしくはナイフベルトから、凶器を抜いて身構えている。

そんな想像を逞《たくま》しくしつつ、厚田は仰向《あおむ》いて一瞬だけ目を瞑《つぶ》り、覚悟を決めた。くそう……あいつはなんて名前だったっけ。

「バーミーン・オウェイス!」

日本名だけ思い出せず、それは省いた。

「話を訊《き》きたい。入るぞ、いいか」

叫ぶなり、ドアを引き開け、転がり込んだ。事前に内部を見ていたからこそ、玄関脇に台所があるのはわかっていたのだ。壁に照明のスイッチがあることも。

一回転して起き上がり、やおら照明のスイッチを入れた。

ところが古い照明は、数度明滅してからでなければ点灯しない。光と闇の狭間《はざま》に室内が浮かび、そして厚田は戦慄《せんりつ》した。いない! バーミーンの姿はどこにもない。永遠とも思える数秒を経て、照明は点《つ》き、室内が照らされた。

いない、誰も。その時だった、うなり声とも悲鳴とも取れる叫びを上げて、白い何かが宙を舞い、厚田をかすめて外へ出た。その後を、もうもうと抜け毛が追っていく。

激しいストレスから解放されて、厚田はその場に尻餅《しりもち》をついた。

「どうしたっ!」

西嶋の声がする。厚田はよろりと立ち上がり、窓を開けて下を覗《のぞ》いた。

「猫です。クラさん、マル被じゃなくって猫でした」

西嶋はポカンと大きく口を開け、「ネコぉ?」と呟《つぶや》いた。

刑事の仕事というものは、空振りと徒労の連続である。再び一階の空き部屋に戻り、西嶋の御高説を賜りながら、さっきの失敗で本物のバーミーンを逃がしたのではないかと考えた。もしも奴がそばにいて、今しもあの部屋へ戻るところだったら、俺たちは、とんだヘマをしたことになる。

尻餅をついたときに何かを尻に敷いたらしく、ズボンから厭《いや》な臭いが漂ってくる。そうでなくともトイレに張り込むことほぼ一日。自分ではわからない悪臭が体に染みていても不思議ではない。悪臭にまみれた男を笑わないという点では、先生が女房でよかったなどと思ったりもする。

「今日はもう来ないかもしれないねえ。そもそも奴がここへ帰って来るという保証もないんだけどさ」

西嶋がため息をついたとき、彼のポケットベルが振動した。番号を確認してから西嶋が言う。

「署からだな。電話してくる」

連絡用の公衆電話が通りの先の煙草屋にあるのは確認済みだ。

暗闇は脳を活性化するようで、独りになると、厚田はとりとめもなく様々なことを思い出した。刑事として西荒井署に配属された日のことや、格好いいやり手の係長ではなく、爺臭《じじくさ》い照内と組まされて腐ったこと。初めて挑んだ大きな事件が、妙子のおかげで功績を挙げたことなどなど。それらがわずか二年足らずの間に起きたと思うと、刑事とは、なんと目まぐるしい職業なのか。間もなく定年を迎える照内は、こんな生活を何十年も続けてきたのだと思うと、素直に畏怖《いふ》を感じてしまう。

自分もいつか、定年を迎える日が来るのだろうか。そんな日は想像もつかないし、具体的なビジョンも浮かばない。

そして厚田は、この結婚を妙子は本当に望んだのだろうかと考えた。狂ったジョージでさえ法医昆虫学に必要であるというのなら、執念深い検死官の厚田妙子は、さらに必要な人材だろう。その先生を、俺はどうしたかったのか。

「俺は、先生のどこに惚《ほ》れたのかな……」

ポツリと呟いたとき、音を立ててドアが開き、西嶋が戻ってきた。

「ガンちゃん、バーミーンが別件でパクられたってよ！」

「え……」

黒岩良子殺害事件の容疑者バーミーン・オウェイス・健は、コンビニへ強盗に入って逮捕された。厚田らの予測どおりに、彼はこのアパートに潜伏しようとして、途中の店に押し入ったらしい。

入店した瞬間から異様な体臭を発していることに恐怖を抱いた店長がバックヤードから通報し、彼がレジカウンターの店員にナイフを突きつけて金を要求しているところへ警察官が駆けつけたのだ。ナイフには血痕《けっこん》が付着していたそうで、それが黒岩良子の血液であると判明すれば、殺人容疑でも逮捕、起訴できるという。

『玉川〇丁目における二十五歳女性刺殺事件』は、別の事件で使われた凶器を追うなかで瓢簞《ひょうたん》から駒のように早期解決されようとしていた。


厚田らは始発を待って玉川署へ戻ることにした。尻でつぶした生ゴミの臭いや、体に染みついてしまったトイレの臭いで、タクシーを呼ぶのが忍びなかったせいもある。座席に臭いを移さないよう、人のまばらな始発電車に乗ってすら、厚田と西嶋は車両の隅に小さくなって立っていた。

「あっちのほうは、けっこう難航しているらしいや」

バディを組むうち次第に饒舌《じょうぜつ》になってきた西嶋は、車窓に映る朝まだきの街を眺めて言った。

「コムって男の所在がさ、まったくつかめないんだとさ」

「先日の会議じゃ、身柄確保も間近って感じでしたがね」

「本当だよね。すでに国外へ逃げちゃったかと、渡航記録も当たったようだけど、該当者がいないっていうんだよなあ」

「船じゃないですか？　密航するなら」

「それもあるね」

「社長の金は当たったんですよね」

「平気の平左衛門《へいざえもん》でビクともしていないとさ」

「そりゃおかしいな……」

厚田は自分の顎《あご》を捻《ひね》った。

「すでに消されちまってるってことはないですか」

「まさか」

西嶋は両目をかっぴらき、「でもな」と、また目を細めた。

「死んでないから生きているとも言えないもんね。死体があるから殺人事件で、死体がなければ殺人事件にならないわけで」

列車がトンネルに入ったので、車窓に乗客の姿が映った。それを眺めているときに、厚田はふと照内の話を思い出した。ブランド物のパーカーを着たホームレスが、日本橋あたりにいたという話だ。

「クラさん」

待てよ、待て待て……

「なに？　ガンちゃん」

頭の片隅で閃《ひらめ》きが、細い線になって伸びていく。厚田はその先をどこかにつなげようとして悶《もだ》えていた。

「この間、前にいた所轄の先輩が、妙な話をしてたんですがね」

三万円もするパーカーを着たホームレスを見たという、それだけの話だ。

「うん。それで？」

「コムってチンピラも、フード付きのパーカーを着てたんじゃないですっけ」

「それはたまたまその時に着ていたってことでしょう。それで？」

「ちょっと考えてみたんですけど、数日前に荒川で、ホームレスの溺死体《できしたい》が揚がったんですよ。東大の法医学部が検視の見学に行ったって覚えているんですが……死んだのは若い男だったそうで」

そこに至って西嶋も、厚田の言わんとしていることに気付いたようだ。

「ホームレスの服を着せて、荒川に沈めたって言ってるの？　コムに限らず、誰か別の人物だったと？」

「その可能性はあるんじゃないですか？　脱がせたパーカーをたまたまホームレスが拾ったか、もしくは服を交換して、そのあと川で死んだとか」

「死んだんだよね？　殺されたんじゃなく」

「そこは詳しく聞いてませんが、少なくとも他殺と思《おぼ》しき外傷はなかったと」

「土左衛門はわからないからなあ」

「遺体はまだ東大にあるかもしれません。遺体がなくてもサンプルは採っているはずですし。指紋は……無理でしょうね。皮がずる剝《む》けちゃってたようだから」

「日本橋に行ってみようか。ブランドパーカーのホームレスを見つけて話を訊《き》けば」

最寄りの駅で降りたあと、厚田は照内に電話して、娘さんがホームレスを見たという場所を教えてもらった。まさしく日本橋の高架下だという。次に妙子に電話して、荒川で揚がったホームレスの遺体を保存しているかと訊いた。

「遺体はないけど、検体は保存しているわ。なんなの？」

そこで厚田は雲を摑《つか》むような自分の推理と閃きを話した。

「残念ながら指紋は無理よ。そもそも溺死体の教材にさせてもらったご遺体で、事件性はないという判断だったから、事件がらみの検査はしてない。でも、そういうことなら考えがあるわ。コムって容疑者は、日本人じゃないのよね」

「何かいいアイデアが？　そうだ。DNA鑑定ってやつはどうなんですか？　先生は、前にも虫の細胞から何か見つけたじゃないですか」

「ゲノムね。残念ながらDNA鑑定はまだ、個人を特定できるところまではいっていないの。同一人物である可能性を示唆することしかできない」

「でも、血液型や人種はわかるんでしたよね」

「血液型はDNA鑑定をしなくてもわかるし、欧米人と日本人の違いはわかっても、同じ黄色人種の国籍まではわからない」

「くそっ、そうなのか……」

「こういうときこそ、ジョージがいるわ」

と、妙子は言った。

「水死体の検体から寄生虫や幼生を探すのよ。それで、少なくとも溺死体が国外の黄色人種かどうかがわかる。あとは身長と体格、そしてDNA鑑定の結果を総合的に見れば、水死体が厚田刑事の探している男かどうかの判断に役立つと思う」

「寄生虫でわかるんですか？」

「日本とは食文化が違うから、可能性は高いと思う。例えば、滋養強壮目的で蛇の生き血を飲んでいたり、民間療法で子供の頃に生のカエルや蛞蝓《なめくじ》を食べさせられていた場合は臓器に虫が寄生している可能性があるし、急流のない大陸の川は汚染されていて、川遊びなんかで寄生され、皮膚の下に線虫や貝の幼生を飼っている場合もあるの。サー・ジョージは風土病を引き起こす線虫や寄生虫や幼生の研究にも造詣《ぞうけい》が深くて、死体の嚢胞《のうほう》から団子状態になって出たのを見たこともあると話していたわ」

その光景を想像して、厚田は思わず受話器を遠ざけた。

「あんな状態ですが、相談できると思うんですか」

「大丈夫よ。虫のことなら正気に戻るわ。筋金入りの変態なんだから」

サバサバした調子で妙子は言った。それからジョージが検体を調べられるよう、両角教授から警視庁に話を通してもらうと付け加えた。なんといっても警察官の一家が無残に殺された事件なのだ。事情を話せば顕微鏡と図鑑くらいは病室に運びこまれるかもしれない。

電話を切ると、厚田らは日本橋でホームレスを探した。

早朝の街に段ボールやシートを延べて、なるほど相応のホームレスが暮らしているが、黒いパーカーを着た者はいない。ほとんどが持ち物すべてを身に着けて、ぼろ雑《ぞう》巾《きん》のように転がっているか、小型のキャリーを引きながらトボトボと界隈《かいわい》を歩いている。照内の話にあるような若いホームレスの姿もなかった。

「どっかへ移動しちゃったんですかねえ」厚田が言うと、

「そんなことないでしょ」と西嶋が答える。

「居やすい場所を求めて徘徊《はいかい》しているとしても、泊まれる場所はそう多くないから。大抵は、ルーティーンで縄張りをぐるぐるしてると思うんだよね」

ガンちゃんは煙草を吸うよね？　と西嶋は訊き、橋の袂《たもと》でこちらを見ているホームレスの老人に目配《めくば》せをした。それで厚田は老人の前に屈《かが》み込み、

「一服するかい？」と、煙草を一本差し出した。

老人は歯の抜けた口でニタリと笑い、一本抜いて厚田に返し、手刀を切って箱ごと取った。

「かなわねえなあ」

百円ライターで火を点《つ》けてやり、互いに一服しながら訊いてみる。

「親父さんさ、このあたりに、格好いいパーカーを着たホームレスがいたって聞いてきたんだが、知らないかい？」

「ぱーかー？」

「こう、フードのついた黒い服でさ、引っ張れば伸びる生地の、若者が着るようなや

つだよ。ブランド品で高価な服なんだそうだが」

「荒川のほうから来たヤツかい？」

と彼は煙草を吸い込んで、「死んだな」と煙を吐いた。

「酔っ払って道路で寝込んで、車に轢《ひ》かれて死んだんだ。先週だ」

「ええ？」

と西嶋が背後で唸《うな》った。老人の前にしゃがんで聞いてくる。

「親父さん、それは本当かい」

老人は上目遣いに西嶋を見て、

「あんた刑事さんだろう？　刑事なら警察へ行って聞けばいい。だけど、服は盗んだものじゃないんだよ？　交換したって言ってたからね」

と、厚田から巻き上げた煙草を懐にしまった。

「交換？　誰と交換したんです」

「知らないよ。たまたま目が合ったからだろ？　服を交換してくれないかって小遣いくれて、場所も譲って欲しいと言われたとさ。それで、荒川からこっちへ流れて来たんだ。儂《わし》と目が合っていたら、儂が交換したかもしれない。や。儂じゃ小さくてダメだったかな。世の中には酔狂な人間もいるんだよ」

「パーカーをくれた男の話を訊いたかい？」

「訊いたよ」

老人は西嶋に煙を吐いた。それきり何も喋《しゃべ》ることなく、歯の抜けた顔でニタニタ笑う。西嶋はチッと舌打ちをして、財布から二千円を抜き出した。

「昼飯代だ」

「ありがたいねえ」

老人は札を拝んで懐に入れ、

「右腕に入れ墨があったってねえ。蚊取り線香みたいな渦巻き模様の」と言った。

「年齢はどのくらい？」

「若かったんじゃないのかねえ。だって、若者の服を着てたんだから。一重瞼《まぶた》で目の細い、大陸顔をしてたとさ」

厚田と西嶋は顔を見合わせた。

「車に轢かれた仏さん、本当にただ轢かれたのかい？　突き飛ばされたとか、突っ込まれたとかじゃなく」

「知らないよ。明け方に警察が調べてるのを見ただけだから。体は道の真ん中あたりに転がってたな。黒い服を着てたんだ、道路で寝てたら気付かず轢いちまうんじゃないのかね」

「その男のことは知らないのかい？　名前とかさ、年齢とか、どこから来たとか」

老人は西嶋に顔を向けた。

「刑事さんだったら知りたいかい？　こんなところに転がっている男の素性をさ」

そう言うと、話は終わったとばかりに横になり、尻《しり》を向けて寝てしまった。厚田と西嶋は立ち上がり、最寄りの交番へ行くことにした。


「ひき逃げ事件は捜査中ですよ。詳しくは署で聞いて頂くのがいいと思いますが」

日本橋交番の巡査長はそう答えたが、それでも記録簿を持ってきてくれた。

「通報のあったのが午前五時半。通行人がここへ来て、道路に人が倒れていると」

それで現場を見に行くと、男はすでに死亡していたという。

「腹部にタイヤ痕《こん》がありまして、酷《ひど》いアルコールの臭いがしました」

「ブランド物のパーカーを？」

厚田が訊《き》くと、巡査長は小首を傾げて、

「ブランド物かどうかはわかりませんが、パーカーは着てましたねえ。年齢のわりに若い服を着ているなあという印象はありました」

「亡くなったのはホームレスですか？」

今度は西嶋がそう訊いた。

「日本橋の高架下に数人のホームレスがおりまして、その一人だったようですが、少しの荷物が残されていて、古い健康保険証が出てきましたね。新潟県の出身で年齢は五十八歳。地元で会社を潰《つぶ》して東京へ出稼ぎに来たようですが、家族とは六年以上も連絡を取っていませんでした。奥さんもすでに籍を抜き、遺体の引き取りはご両親が……まあ、身元がわかっただけでもいいのかもしれませんが」

事件性はなく、今は彼を轢いた車の特定を急いでいるという。


「どう思います？」

再び電車に乗りながら、厚田は西嶋にそう訊ねた《たず》。通勤ラッシュが始まって、服の臭いも尻のシミも、人混みと雑踏に紛れてしまった。

「なんだかなあ」

両手で一本の吊革《つりかわ》を摑《つか》み、西嶋はアーモンド形の目を眇《すが》める。

「今のところは何でもない話なんだよ。ホームレスが川で溺《おぼ》れて土左衛門《どざえもん》になり、別のホームレスが道路で死んだ。一応ね、車に轢かれた方の遺体写真が来るわけだから、どんなにすごいパーカーかはわかるよね。写真を見れば」

「あとは荒川の土左衛門ですね。先生が何か見つけてくれるか、だけどなあ」

「あのさ、検視したとき腕を見たんじゃないのかな？　渦巻き模様の入れ墨を」

「そうか……そうですね」

二人は電車を乗り換えた。東大の法医学部へ向かうつもりだった。


思った通り、死因究明室にはすでに妙子が来ていた。厚田から電話を受けて、すぐに出勤して来たのだろう。妙子ならそうすると、厚田にはわかっていた。自販機で買った熱い缶コーヒーを手渡すと、妙子は眉間《みけん》に皺《しわ》を寄せて鼻をつまんだ。

「なに、この臭い、いったいどこへ行ってたの？」

それで厚田も、自分たちが相応の臭いを発していたことを思い出した。

「いや。現場で張り込みしてたんですが、捕り物の最中に尻餅《しりもち》をつきまして、たぶん食い残し弁当の汁が……」

背広の裾《すそ》をめくってズボンを見ると、丸くシミがついていた。

「あーあ、やっちゃったわねえ。落ちないわよ、この汚れ」

覗《のぞ》き込んで妙子は笑い、

「まあね、お弁当の汁ぐらい、かわいいものよ。遺体の腐敗汁に比べたら」

と、缶コーヒーのプルタブを開けた。

「ところで寄生虫の検査結果はまだよ。目下準備を始めたところ」

「何か出そうですか？」

「出るといいわね」

そう言って、妙子はふいに西嶋を見た。

「今日はおとなしいのね。大きな刑事さん？」

西嶋はにやけた顔で、首の後ろを掻《か》いている。

「や、二人があまりに阿吽《あうん》の呼吸で、口を挟むスキがなくって」

妙子がチラリと厚田を見たので、（夫婦だと話しちゃいませんや）厚田は表情で語ってから、「んん」と小さく咳払《せきばら》いした。

「検査結果もですが、ちょっと気になる話を聞き込みましてね。荒川で溺死《できし》したホームレスですが、腕に入れ墨がありませんでしたか？」

「入れ墨？」

「蚊取り線香みたいな渦巻き模様だったそうですが。右腕に」

ようやく西嶋が会話に加わる。

「溺死体が着ていたのは半袖《はんそで》の作業着よ。服の下は皮膚が残っていたけれど、出ていたところは溶けたり魚のエサになったりして……」

妙子はそこで言葉を切ると、

「でも待って、右腕に入れ墨？」

身を翻してデスクに向かった。

相変わらず散らかり放題の彼女のデスクは、様々な書類が山のようになっている。彼女は残りの缶コーヒーを飲み干すと、空き缶を厚田に渡して書類の束を抜き出した。それは写真ホルダーを綴《つづ》り紐《ひも》で結わえたもので、整理整頓《せいとん》された隣のデスクに置いた。

厚田は未《ま》だ溺死体を扱ったことがない。トラウマになると聞いてはいたが、写っていたのは想像を絶する遺体の様子だった。西嶋も思わず顔を背けている。

写真の記録は、遺体が川から引き揚げられて、ブルーシートに載せられたところから始まっていた。水を吸って巨大化した遺体は赤黒く、舌も目玉も飛び出している。膨れきった頭部は髪の毛がなくて、一見すると奇怪に作ったマネキン人形のようにも見える。妙子が言った通りに腕の肉はほぼ剝落《はくらく》し、指先の骨も欠けていた。

「流される途中で岩に当たったり流木が刺さったりしてこうなってしまうんだけど」

独り言のように呟《つぶや》きながら、次々に写真をめくっていく。溺死体はやがて解剖室に置かれ、服を剝《は》がれて裸になった。

「あった。これよ！」

妙子は写真を持って場所を移ると、明るい窓の下へやってきた。両角教授のデスクから虫眼鏡を取って写真を見つめる。もちろん厚田も西嶋も妙子を追ってそばに来たが、しばらくすると彼女は二人に目を向けて、虫眼鏡と写真を渡してきた。

厚田が虫眼鏡を、西嶋が写真を受け取ると、

「ここを見て」

妙子は写真の一部を指で示した。

それは剝《む》き出しになった腕の骨だった。まだ完全に白骨化したわけではなく、白くふやけた肉が残って、藻や水草がこびりついている。厚田が写真に虫眼鏡をかざすと、

「そっちじゃない。骨よ骨」と妙子は言う。骨はただの骨にも見えたが、焦点を当てて目を凝らすと、骨の表面にある微《かす》かな傷に気が付いた。

「傷がありますね」厚田が言うと、

「そう？　どこに？」西嶋は虫眼鏡を取り上げた。

「ほんとうだ。傷がある。いち、にぃ、さ……」

「もっとよく見て。ここよここ。微かだけど、抉《えぐ》ったような痕《あと》があるでしょ？」

厚田と西嶋は説明を求めて妙子を見た。

「ただの溺死と思っていたから、通常の司法解剖のような調べ方はしなかったの。その点は私の甘さだった、謝ります。この傷も、気付いてはいたんだけど、木片などがつけた傷だろうと……でも、よく見ると、すくい上げるように抉っているわ」

「腕の肉をそぎ落とした痕だって言うんですか？」

厚田が訊《き》くと、妙子は頷《うなず》いた。

「その可能性はあると思う」

「身元がわからないように入れ墨を抉って、それから川に遺棄したと？」

妙子は西嶋を振り向いた。

「自家融解でガスが発生すると、たとえ重りを結んで沈めたとしても、ものすごい浮力で浮いてしまうの。今の季節ならたぶん一週間前後。でも、それだと肉は溶けていないから、腕に傷があればすぐわかる。指紋だって残るかも」

「そりゃそうですね」

「じゃ、どうやったってこと？　先生の見解は？」

丸い顔の真ん中で、西嶋は目をクリクリさせた。

「どこかで遺体を腐らせて、頃合いを見て川に遺棄した。そう考えれば、もうひとつ不思議に思っていたことにも説明がつくわ」

「なんなんです？　もう一つの不思議ってぇのは」

「死体から鰻《うなぎ》が出て来なかった。川海老も、ザリガニも少なかったわ」

今年の土用は鰻を喰《く》わない、と心の中で厚田は決めた。

「あの状態になるまで川にあったら、大抵は何か体内に棲《す》んでいるものよ。でも、少なかったわ。今にして思えば」

「例えばどんなふうにしたと思うんですかい」

そうね。と、妙子はメガネを持ち上げ、

「荒川の水をバスタブに入れて溺死させ、巨人化するまで浸《つ》けておくとか……でも、運ぶのが大変ね……」

「活魚を運搬する車ならどうです？　初めからそれを使えば、浸けるのも、遺棄するのも容易なんじゃ」

「いい線ね」

「あんたたち二人はイカれてる」

横から西嶋がそう言った。

「溺死体がパーカーの男だったとして、どうしてそんな面倒臭い真似をするんです？

活魚運搬用の車で死なせて荒川に廃棄？　パーカーの男は、自分でホームレスと服を交換したんだよ」

「クラさん、そこですが、誰かに追われていたとは考えられませんか」

「誰かに。誰に？」

「いや……わかりませんが、警察官一家が惨殺された背景には、何か、思いも寄らないことが隠されているんじゃないですか」

「それはガンちゃん、死んだ男がコムだったとすれば、ってことだよね？　さらに、世田谷区で起きた魔法円殺人事件の実行犯がコムであり、ヤツにやらせた真犯人が、ヤツを消そうとしたならばっていう条件付きだ。でも、そんな証拠はどこにもないよ。今のところは」

「だからあたしが検体を準備してるんじゃない」

妙子はビシッとそう言った。

「用が済んだら出てってちょうだい、仕事の邪魔よ。土左衛門《どざえもん》の腕に入れ墨があったかどうかはわからない。ただし、腕の肉を削《そ》がれていた可能性はある。土左衛門の素性もわからない。ただし、検体を調べれば日本以外で育った可能性が見つかるかもしれない。今わかっているのはそれだけよ。オッケー？」

腰に手を当て、話をまとめる。

「何かわかったら連絡するわ。あなたたちも刑事の仕事をして。それじゃ」

妙子は西嶋から写真と虫眼鏡を取り上げて、パーティションの奥へ行ってしまった。

「叱られちゃったねえ」

西嶋はペロリと舌を出して首を竦《すく》め、死因究明室を出て行った。


玉川署へ戻ると、黒岩良子殺害事件の容疑者が別件逮捕されたことにより、捜査本部は解散していた。ご苦労だったなと係長は言うが、バーミーンを逮捕したのは奴がコンビニ強盗を働いた神奈川県警で、それによって玉川署管内で起きた事件の手柄も横取りされたかたちになって、署内はいまひとつ覇気がなかった。

厚田と西嶋はシャワーを使い、汚れた背広を着替えてから、改めて上司へ報告に戻った。魔法円殺人事件のその後はどうかと訊《たず》ねると、容疑者コムの行方は杳《よう》として知れず、本庁の刑事らも苦戦しているという。捜査本部では、今回の事件の背景にあるのは不動産売買を巡るトラブルで、金社長を親父と呼んで心酔していたコムが単独で凶行に及んだという筋書きを支持しているらしい。捜査本部がコムを容疑者と定めたため、捜査体制は縮小される見通しだという。

午後になると、日本橋交番を管轄する中央署《ちゅうおう》から、ファックスで轢死体《れきしたい》の写真が送られてきた。車体の下をくぐったことで発見時は横向きになっていたようだが、確かに黒いパーカーを目深に被《かぶ》り、黒っぽいズボンを穿《は》いている。この服装で道路にいれば、運転手は気付けなかったことだろう。

「これが三万円もするんですかねえ」

見たところシンプルなパーカーだったが、西嶋もあらゆる方向から写真を確認して、

「高級ブランドの服ともなれば、こんなんでもそのくらいはするんだそうだよ」

ニカッと白い歯を見せて、坊主頭をつるんと撫《な》でた。

「三万かあ……」と、頷いた。

「なんちゃって、ぼくも調べたんだよね。アパレル好きな彼女に訊いて。今どきはシンプルで高価な服を着るのが格好いいんだって。キンキラキンのヤツじゃなく」

西嶋は魔法円殺人事件の捜査資料を出して、金社長が舎弟と写っている集合写真と見比べた。集合写真なのでコムの全身は写っていないが、フードや襟元、肩口などの縫い目の特徴は一致する。

「ガンちゃんの仮説に信憑性《しんぴょうせい》が出て来たねえ」

二人は一瞬視線を交わし、同時に立ち上がって係長のデスクへ向かった。しかし、溺死体《できしたい》の身元が判明していないことや、轢死したホームレスの死因に不審な点がなかったことなど、二つをつなぐ線が細すぎて、上層部の反応は芳しくなかった。

「一応署長に話は通すが、あとは上の判断だな」

中央署から届いたファックスを手に、係長はそう言った。

厚田らはもはや当該事件の捜査に戻ることはないのだから、これら資料を含め、すべてを捜査本部に託すことで納得してくれという意味だ。

警視庁内部で『魔法円殺人事件』とも呼ばれ、後々まで捜査員らの記憶に深く残ることとなる『世田谷区等々力住宅地における警察官一家猟奇的殺人事件』は、奮闘虚しく迷宮入りとなるのだが、この時点で厚田はまだそれを知らない。

重要事件に携わっていない限り、刑事は定時に帰宅できる。それでも厚田は署に残り、黒岩良子殺人事件の報告書などを仕上げていた。妙子に溺死体の検査を依頼した手前、自分だけが早く帰って休む気にはなれなかったのだ。

「たいがいにしておけよ」

そう言って係長が帰宅すると、当番刑事が夕食を食べに行く間、厚田は留守番を買って出た。署内から見える街はすっかり日暮れて、換気のために開けた窓から夜の匂いが染み入ってくる。自宅に電話をしてみたが、やはり妙子は帰っていない。自分が先に帰って夕食を作ってもいいのではないかと思ったりもしたが、スーパーも閉まる時間である。厚田は書類を箱に入れ、自分の席で煙草を吸った。

何時の電車に乗ろうかと、ぼんやり考えてみたりする。本心をいえば、今も警察官一家の惨殺事件を追っていたかった。

当番の刑事が食事を終えて戻ってきたのが九時近く。それじゃお先にと席を立ち、帰ろうとしたところに電話が鳴った。当番刑事が電話を取って、

「厚田ですか？　はい」と言う。

「厚田、電話だ。東大の法医研からだとさ」

厚田は慌てて受話器を取った。

「あたしよ。サー・ジョージに送った検体から、思った通りに寄生虫が出たわ」

「本当ですか」

妙子が頷《うなず》くのが見えるようだった。

「日本ではもう、ほとんど見なくなった虫なんだけど、向こうにはまだ多いのよ」

「特別な虫ですか？」

「いいえ。淡水魚に寄生している虫だった。日本、中国、韓国とか、極東地区に分布する、肝吸虫《かんきゅうちゅう》という虫よ。日本では野生の鯉の生食はしないから、今では発症例がほとんどないけど、人に寄生すると、体内で二十年以上も生き続けるらしいわ」

「それをあの男が？」

「そう、持っていた。ジョージが見つけたのよ。肝臓の組織片から」

データをまとめて持ち帰るわ、と妙子は言った。溺死体の推定年齢、身体的特徴、血液型、DNAの鑑定書、腕の骨に残されていた傷の写真も。それらを総合的に判断して、捜査に役立てて欲しいと言う。

「それから、これはあたしの主観による見解なんだけど……」

妙子はそこで言葉を切って、ひと文字ひと文字を区切るかのようにはっきり言った。

「土左衛門の死体が厚田刑事の探している人物だったとしても、警察官一家を惨殺した犯人ではないと思う。残念ながら」

「えっ」

厚田は声が裏返った。

「どうしてそう思うんです？」

件《くだん》の事件から妙子は手を引かされた。だから彼女が知っているのは、検視に入った現場の様子と、その後新井助教授によって司法解剖された父親と息子の死体検案書だけである。もちろん彼女は新井助教授の司法解剖を見学していたし、両角教授をせっついて死体検案書にも細かく目を通したはずだ。でも、だからといって、殺人を目撃したわけではない。

「なぜ、コムが犯人じゃないと言い切れるんで？」

厚田はもう一度妙子に訊いた。

「身長が違う。腕の長さも違うのよ」

「え？」

カチリとライターの音がした。おそらく妙子は煙草に火を点《つ》けて、煙を吐きながらこう言った。

「土左衛門《どざえもん》の解剖をした時に、細かくデータを取らせたの。肝吸虫が出たことで、あたしもね、もしかして、あれが例の事件の犯人だったのかもしれないと思って、もう一度データを確認したの」

「ええ。それで？」

「渡辺泰平の咽頭隆起は十八度程度の角度をもって下側に切られていたの。土左衛門がコムという男だとして、彼の身長はおおよそ一六八センチ。渡辺泰平が一七六センチだから、相手が中腰にでもなっていないとその角度では入らない。検視の結果、渡辺泰平は出会い頭に襲われたこともわかっている。二人と身長が同じ学生を選んで、ペンを持たせて何度か試してみたけれど、私が思った通りだったわ」

「それじゃどうしてヤツは殺されたんで？」

「わからない。わからないけど実行犯でないことは確かよ」

妙子は、溺死体の解剖記録を精査して、死体から水生生物が湧き出してこなかった矛盾点や、河川に長く放置された水死体との比較データを照内に上げるつもりだと話す。厚田は頭に手をやって、セットした髪をガリガリ掻いた。

「本庁は、不動産がらみのトラブルで渡辺一家が殺害されたと思ってるんですよ？なのに、別件で殺人事件が増えただけだって言うんですか」

「上の顔色を窺《うかが》いながら捜査してるの？」

「いえ、そうじゃありませんが」

「厚田刑事、しっかりしてよ、あたしたちはどこを見てるの？」

子供を叱るような口調で妙子が言う。

「そりゃ、被害者です。もちろんですよ」

厚田は敢《あ》えて言葉に出した。

いつだってあの凄惨な現場が頭にある。それはたぶん、あの家に足を踏み入れた警察官全員が同じ想いだ。土地取引がらみでヤクザな不動産会社が暗躍したという着眼点が外れたとしても、他に実行犯がいるとしても、兼丸不動産に裏があるのは間違いない。妙子の検死報告書でコムが殺害されたことが明るみに出れば、少なくとも兼丸不動産には捜査のメスが入る。大きなヤマになるだろう。担当するのは、コムの溺死体を引き当てた西荒井署だ。

「照内の親父《おや》っさん、定年間際にもうひと仕事する羽目になりますね」

「そうなるかもね」

と、妙子は笑う。

なんだか妙にサバサバとして、吹っ切れた笑い声だった。

# エピローグ

東大の死因究明室から届いた詳細なデータは、係長を通じて魔法円殺人事件の捜査本部へ提出された。与えられた使命に一定の成果は挙げたという自負のもと、事件の早期解決を願いつつ、厚田と西嶋はささやかに二人だけの酒宴を設けた。

「魔法円殺人事件のほうは苦戦しているみたいだよ」

最寄り駅近くの焼き鳥屋は、早い時間にも拘《かか》わらず、散り始めた桜を惜しむ呑兵衛《のんべえ》どもで賑《にぎ》わっていた。酔っ払いと入れ違いにカウンターに席を取ると、西嶋はいきなりそう言った。

「マル害一家の身辺調査を徹底的にやったけど、他に怪しい線は出てこないんだと」

おしぼりを広げて頭の天辺《てっぺん》から顔までつるんと拭くと、西嶋は生ビールをふたつ注文した。

「ま、刑事は万能じゃないからね」

「だからって、あんなことをしやがる輩《やから》をのさばらせておくわけには」

「ガンちゃん」

と、西嶋は、店員がカウンターに載せたビールをひとつ厚田に渡した。

「警官ってのはね、自分が関わった事件のことを生涯忘れたりしないんだ。魔法円殺人事件に関わったのは数百人だから、ホシは数百人の敵を作った。ぼくらの怒りは、どうなっていくと思うかい？」

「どうって言われましても」

「組織だ警察官僚だなんて言われてもさ、デカは細胞レベルでデカだからね、ホシを挙げるのが本能で、いつか必ず犯人に辿《たど》り着く。逃がしゃしないよ」

「乾杯」と、西嶋は言ってジョッキを重ね、勢いよく半分飲むと、「クーッ」と唸《うな》ってジョッキを置いた。

厚田は彼とバディを組んでよかったと思った。凶悪事件が起きれば本庁の指揮下に置かれる所轄だが、どちらも同じ警察官だと西嶋は言う。同じ想いがあるのなら、あらゆる垣根を超えて凶悪事件に挑むシステムが、いつか構築されるかもしれない。

焼き鳥を何皿か頼んだ後、厚田と西嶋は夢のシステムについて語り合った。全所轄を指揮下に置いて凶悪事件を追える捜査班。そこに集約できる情報と専門知識……組織のしがらみを考慮せず、夢を語るのは楽しかった。

互いに二杯目のビールを頼んだとき、厚田の胸でポケットベルが鳴った。用件番号は110、続く表示は、官舎の電話番号だった。

「奥さんからかい？」と、西嶋が訊《き》く。

さすがに店内は騒がしいので、厚田は店の外で公衆電話を探した。

「今日は遅くなるかしら」

妙子はすでに官舎に戻っているという。

「珍しいですね、先生。仕事のほうは？」

「ちょっと訳ありで、すっぽかしたの。私だって年がら年中死体と一緒にいたいわけじゃないのよ」

街はまだ暮れきっておらず、往来の隙間に薄墨色の空が広がっている。西側が金色なのは、そこにまだ太陽があるからだ。厚田は焼き鳥屋の暖簾《のれん》を見やり、

「同僚と一杯始めたところなんですが、なるべく早く帰りますよ」

と妙子に言った。どんなわけで仕事をすっぽかしたのか、やっぱりジョージのせいだろうかと考える。店に戻ると、西嶋がカウンターでニヤニヤしていた。

「首に鈴をつけられたね？　わかるわかる」

「や。そういうわけじゃないですが、珍しく早く帰れたそうで」

西嶋は厚田のジョッキにジョッキを重ね、

「もう一杯飲んだら帰ろうよ」と、笑った。

「いいんですよ。せっかくクラさんと祝杯を」

「馬鹿だな、祝杯なんかうっちゃれって。奥さんのほうが大事だろ？　刑事は心の平静を補給しないと、もたないよ？」

「クラさんが言っても説得力がないですよ」

「ぼくはいいんだ。ネオンの下に彼女をたくさん囲ってるから」

ハツの塩焼きを前歯で嚙《か》んで串《くし》から引き抜き、ビールをあおる。巨体に恥じない食いっぷりで次々に皿を空にして、一杯どころか、さらに中ジョッキ三杯を飲みきると、西嶋は会計伝票片手に席を立った。厚田も慌ててビールを飲み干した。

ワリカンの額を計算して外で待っていると、「いいよいいよ」と西嶋は言い、

「ガンちゃんだって、いつかは部下に奢《おご》る立場になるんだからさ」

と、大口を開けて笑う。

初めてまともに見る西嶋の笑顔は、でっかい子供のようだった。

自分もいつかは部下を持つ身になるのだろうか。その頃には刑事根性が身に染みて、

照内が言うようにケツの毛まで刑事になっているのだろうか。厚田にはまだ、想像もつかない。

上機嫌で夜の街に消えていく西嶋を見送って、厚田は急いで駅を目指した。

あの妙子が仕事をすっぽかすなんて、相当の理由があるはずだ。また何か、おぞましい事件が起きたのかとも思ったが、安酒場が並ぶあたりには、大きなショーウインドウも、もちろん街頭テレビも見当たらない。

人混みに揉《も》まれて地下鉄に乗ると、天井の中吊《なかづ》り広告にあの少女の見出しを見つけた。

【虐殺の記憶を持つ少女、慈善団体の仲介でフランスへ】

その瞬間、厚田は薄暗い病院の地下室の臭いを思い出していた。

エレベーターの扉が閉まるとき、白いネグリジェを着た少女がゆっくり回転しながら昇天していくように思えたことを。閉じた瞳《ひとみ》と微《かす》かな微笑み。美しくすらあったはずの光景はなぜか、残虐な殺人現場に匹敵するほど厚田の肝を冷やしたのだった。

官舎に着くと、通路を照らす暖かな明かりが厚田の心をしみじみさせた。

ドアを開けながら、亭主らしく「ただいま」と言ってみる。ただいまを言ったのは、数えるほどしかなかった気がする。

「おかえりなさい」

台所で声がして、妙子が玄関まで迎えに来た。初めて見るエプロン姿に、厚田はしばし目を留めた。

「なに？」

「あ、や……白衣しか見たことがなかったもので」

「そんなことないでしょ」

「あとは妊婦さんが着るだぶついた服と」

「そうだったかな。そうかもね」

妙子は笑った。厚田が靴を脱ぐのを待って背広を受け取り、リビングのハンガーに掛けてもくれた。かいがいしくこんなことをされたのは初めてなので、気恥ずかしい感じがする。食卓にはすでにビールグラスが伏せてあり、料理もしてくれていたようで、香ばしい焦がし醬油《しょうゆ》の匂いがした。

「いったい何があったんですか」

テーブルを見ながら厚田は訊いた。仕事をすっぽかすほどの何かがあったというのなら、このアットホームな雰囲気はなんなのだろう。

「何がって、なにが？」

「いや、先生が仕事をすっぽかすなんて」

「ああ」

キュウリの浅漬けを小鉢に盛って、妙子はテーブルの真ん中に置いた。

「浅漬けですか。こりゃ旨《うま》そうだ」

「町田さんの後任の検査技師、主婦なんだって。だから彼女に頼んだの。すぐに作れる浅漬けの漬け方を教えて欲しいって」

ネクタイを緩めて椅子に掛け、厚田は箸《はし》でひとつをつまんだ。キュウリの漬け物は頃よく冷えて、鷹《たか》の爪と煎《い》り胡麻《ごま》がいい仕事をしていた。

「旨いですね」

「でしょ？　鷹の爪と、塩と、あと、味の素で漬けるのよ、三十分だけ」

勝ち誇ったように言う妙子を、厚田は素直に可愛いと思う。それは冷徹に遺体を切り裂く女検死官とは相容《あいい》れないイメージのようでもあり、どちらも妙子を表しているようでもあった。彼女といる限り、退屈することはないだろう。

妙子が懸命に準備していた夕飯のメニューはハムエッグだった。低温から中温へ、白身をカリカリに焼き上げるのがコツなのだという。これもまた検査技師に伝授された技だというが、この人がまともな食事を作れるようになるには何年もかかるのだろうなと厚田は笑い、それでも、今夜のハムエッグは世界一だとまた思った。

二人でビールを飲みながら、とりとめのない話をする。ハムの焼き方、油のひき方、米を研ぐのは水のほうがよいのだと、仕入れたばかりの知識を妙子は得意気に披露する。厚田は彼女に喋《しゃべ》らせて、ゆっくりビールを味わった。

かまえたばかりの拙《つたな》い新居も、初めてゆっくり眺めた気がする。もともと何もない部屋だったけれど、あまりにきれいに片付いて、展示用の部屋のようだ。

いつからこんなに片付いていたのか、それとも、ベビーベッドがなくなってからは、ずっとこんな状態だったのか、記憶にない。

二本目のビールを空けて、出された料理をすべて平らげ、妙子が風呂《ふろ》に入っている間に、厚田が食器の片付けをした。独り暮らしが長いから、身の回りのことをするのは苦痛ではない。実は妙子より料理の腕があるし、たぶん洗濯も上手かもしれない。食器をカゴに伏せるとき、ゴミ入れに卵の殻が大量にあるのに気が付いた。食べた卵はそれぞれ二つずつだから、妙子はパックひとつ分の卵で練習をしたようだ。ポケベルに連絡してきたときは、まさに奮戦中だったのだろう。失敗した卵はどうしたか。こっそり妙子の胃袋に収まっていたと思うと、厚田は思わず笑ってしまった。

交代で風呂に入り、出てくると、リビングの電気は消えていた。

柱時計がカチコチと鳴り、片付いた部屋には閑散とした空気が流れている。

戸締まりを確認して寝室へ入ると、薄闇のなか、妙子がベッドに腰掛けていたのでギョッとした。

「あれ……先生、どうしたんです」

やはり何かがあって眠れないのかもしれない。

「話があるの」

妙子は片手でベッドを叩《たた》いた。そこに座れと言っているのだ。

厭《いや》な予感がした。

いや、正確に言うとそうではない。厭でもなければ、予感でもなかった。それは、なにか、落ちるべきところに落ちるものが落ちるというような、あるべき場所にあろうとするものを、ようやくその場所に据えるというような、静かで平安な感覚だった。

この人を好きになったのは、一緒にする捜査が刺激的だったからだよな、と、厚田は自分に問うていた。それが証拠に溺死体《できしたい》から虫を見つける案も、その結果を待つときも、共有する想いに高揚し、興奮していた。

俺は執念深い検死官としての彼女に惚《ほ》れた。間違いない。だから、もしも彼女が刑事の妻を辞め、検死官に戻りたいと言うのなら、受け入れようと覚悟を決めた。

厚田は妙子の隣に座り、彼女が話し出すのを待った。

「今日のは病理解剖だったの」

切り出されると思った言葉と、全く違うことを妙子は言った。

「病理解剖……ですか」

「そう」

妙子が振り向く。

「まだ若い男性だったの。あなたと同じくらいのね……ストレスによる心臓突然死」

声は聞こえていたけれど、厚田は妙子の瞳を見ていた。ナツメ球の微かな明かりが瞳の端で揺れている。

「それが早く帰った理由ですか」

「そうよ」

妙子は苦笑する。

「馬鹿だと思うでしょ？　馬鹿なのよ。なんだか急に怖くなったの」

彼女は厚田から目を逸《そ》らし、膝《ひざ》の間で指を組む。細長い指を弄《もてあそ》びながら、小さなため息をひとつついた。

「あなたは警察官だから、危険な目に遭うこともある。あんなイカレ野郎が跋扈《ばっこ》する世界に身を置いて、だからそれは覚悟してたの。仕事だものね。覚悟はしてた。でも、なんて言うんだろう……この世には突然死ってのもあるのよねって、それを目の当たりにしたときに、怖くなったの」

「え……俺がそうなるかもしれないと？」

「突然死は誰に起きてもおかしくないわ。怖かったのは」

妙子は指をいじるのをやめて顔を上げ、

「明日《あした》の保障なんか何もないとわかったからよ」

と、キッパリ言った。

「私たち、どこか変だわ。そうでしょう？」

それは厚田も思っていた。けれど、妙子がどう思っているかはわからずにいた。

「そうですね」

苦笑しながら考えていた。定年を迎える照内の話。無性に肌のふれあいが欲しくなることがあると言った西嶋の話を。

「だから……」

妙子は厚田に向き合って、静かに唇を重ねてきた。

薄暗い部屋に時計の音だけが大きく響く。厚田は妙子の唇を味わい、彼女をベッドに押し倒した。あとはもう、どんな言葉も必要なかった。

華奢《きゃしゃ》だけれども成熟した妙子の肌は、滑らかで、こまやかで、微《かす》かに石けんの匂いがした。まだ湿り気のある細い髪、時々挑むような目をするのはいつもと同じだ。細い首、鎖骨のくぼみ、体のわりに豊満な胸も、脇腹から下半身への絶妙なカーブも、妙子は惜しみなく厚田に与え、惜しみなく厚田に探究させた。奪うのではなく与え、隠すのではなく許し合う。薄明かりに浮かぶ妙子の裸体はシーツの海を泳ぐ魚のようで、自分はこんなにもこの人を求めていたのだと、彼女を探究しながら考えた。厚田はまた、妙子が避妊を求めなかったことが嬉《うれ》しかった。二人にはまだ未来があると、そう言われたような気がしたからだ。

「結婚はどうでした？」

情熱の波が凪《なぎ》に変わるのを待って、腕に妙子の頭を抱きながら、厚田は訊《き》いた。

妙子は厚田の胸に頬を預けて、

「面倒臭い」と短く答えた。

どう反応すればいいのかわからなかった。

「自分が結婚するなんて、思ったことはなかったわ。それなのにこうなって、すべてが面倒臭かった」

「そりゃいったい、どういう意味で？」

妙子はスルリと腕から逃げた。毛布を胸まで引っ張り上げて、天井を見る。

「あなたと結婚するまでは、自分のことだけ考えていればよかった。自分と仕事のことだけを、考えていればよかったの。それなのに」

「食事のこととか、洗濯とか？　それにここは官舎だから、先生には色々と……」

「そうじゃなく」と、妙子は笑う。

「あなたが帰る時間とか、あなたが今、どんな事件に関わって、どんな捜査をしているかとか」

「そっちは今に始まったことじゃないでしょう」

「そうだけれど、違うのよ」

妙子はうつ伏せになって頬杖《ほおづえ》をつき、厚田を見下ろした。

「二人分の人生を生きているような気持ちになった。一日の半分以上は、ここに」

人差し指でこめかみを突き、

「いつもあなたが住んでいた」と、微笑んだ。

「あなたはジェラシーを感じたかもしれないけれど、あなたとジョージは全く違う。

ジョージは『衝撃』よ、熱病みたいな。愛だったかもしれないけれど、その正体は激情だったの。あなたは」

「俺は？」

それをいつも訊《たず》ねたかった。

なのに妙子はキスをして、答えを言葉にしなかった。

厚田は再び妙子を抱いて、お互い様だと考えていた。この人のどこに惚れたのか。答えはもう、わかってしまった。犯罪捜査に役立つのなら、人殺しでも変態でも関係ないと妙子は言った。女だてらに検死官を目指し、捜査のためなら何をも厭《いと》わず、執念深く真実を追う、彼女は戦士だ。自分たちはどうして知り合い、どうして惹《ひ》かれ合ったのか。厚田に答えが出たように、妙子も答えを持っているのだ。

彼女の頭を抱き寄せて、耳の後ろにキスをした。髪を掻《か》き上げたときだけは、誰かがキスマークに気付くだろう。それでいい。検死官に指輪をはめようなんて、それは俺の傲慢《ごうまん》だった。

石上妙子
厚田は心でそう呼んだ。俺の女房になった女。ご褒美を与えるみたいに自分を与え、俺から去って行くはずの女。それが刑事の勘というのなら、俺もまた、根っから刑事に向いているのかもしれない。彼女に相応《ふさわ》しいのはエプロンではなく白衣だし、彼女が心底輝けるのは、死体の声を聞くときだ。

愛し疲れて枕に沈み、寝息を立て始めた妙子の肩に、月明かりが落ちている。布団を引っ張り上げてやりながら、厚田は、乳《ちち》色をした妙子の裸体に目をやった。一晩中だって愛し合えると思った。もしも子供ができたなら、この人は検死官をやめるのだろうか。

もしもそうなったなら、

「恨まれちまうな。被害者に、ずっと、一生」

独り言を呟《つぶや》くと、妙子は静かに背中を向けた。

厚田もまた目を閉じて、腕が触れた妙子の背中にハッとした。

生身の体が発する熱は、温かさと冷たさが混じり合い、なるほど人肌が恋しくなる仕組みですねと、ここにはいない西嶋に言った。それから自分と妙子の子供についてこっそり考えてみようとしたが、ソマリアから来た少女ばかりが瞼《まぶた》に浮かんで、我が子のビジョンは浮かばなかった。

目覚めると妙子は消えていた。

ダブルベッドの片側に枕ひとつだけを残して、昨夜愛し合った形跡も、これからどうするという提案もなく消えていた。

厚田はベッドに腰掛けて、自分の煙草に火を点《つ》けた。

照内の言葉が、なぜか頭に響いていた。――地球は丸いって話だよ――

地球は丸いから、互いに遠くへ逃げるほど、二人はまた近づいていく。それならば……厚田は白く煙を吐いた。背中合わせに別々の方向へ歩んで行くのもいいかもしれない。ねえ先生、俺たちの鎹《かすがい》は子供じゃなくて、敵を取ってくれと訴える被害者なのかもしれませんね。

夫婦というかたちを取らずとも、妙子とは強く惹かれ合っている自信があった。自分にすべてを任せつつ、妙子は妊娠しないことを知っていたのだろうとも思った。

「上等じゃないですか」

厚田は煙草を揉《も》み消すと、乱れたベッドをそのままに寝室を出て、洗面台で髭《ひげ》をあたった。鏡の扉を開けたとき、歯ブラシがひとつなくなっているのに気が付いた。

「あんた、こういうところは几帳面《きちようめん》ですね」

苦笑しながら歯を磨き、髪をムースで整える。明日か、明後日《あさって》か、そう遠くない未来に、彼女が離婚届を持って来る予感がした。

刑事の俺と検死官の彼女。価値観を共有できる自分たちなら、きっと、いつか、柵《さく》を飛び越えた捜査を実現できるはずだと思う。

——明日の保障なんか何もない——

妙子が語った言葉には、何重もの意味が込められていた。

「こんちくしょうめ」

どうあがいても、惚《ほ》れた自分の負けなのだ。

厚田は両手で強く頬を張り、独りで官舎を出て行った。清々《すがすが》しいほど晴れ渡った空に桜吹雪が舞っている。薄紅の花びらがヒラヒラと、官舎の奥へ飛んで行く。

彼女に指輪は渡せなかったが、でも、せめて、この風が妙子の髪を搔き上げたなら、耳の後ろのキスマークに、誰かが気付くことだろう。

ざまあみろ。

誰にともなくそう言って、厚田は玉川署を目指す。


……His life leads to other stories.

【主な参考文献】

『化学受容の科学　匂い・味・フェロモン 分子から行動まで』
東原和成／編（化学同人）
『闇に魅入られた科学者たち　人体実験は何を生んだのか』
ＮＨＫ「フランケンシュタインの誘惑」制作班（ＮＨＫ出版）
『猟奇殺人のカタログ50』ＣＩＤＯプロ／編（ジャパン・ミックス）
『死体は語る』上野正彦（文春文庫）
経済産業省　化学物質管理政策　ケミカル・ワンダータウン　紙おむつの歴史
http://www.meti.go.jp/policy/chemical_management/chemical_wondertown/babygoods/page04.html

本書は書き下ろしです。

この作品はフィクションです。実在の人物、団体、事件等とは一切関係ありません。

サークル　猟《りょう》奇《き》犯罪《はんざい》捜査官《そうさかん》・厚田《あつた》巌夫《いわお》
内藤《ないとう》了《りょう》

角川ホラー文庫　21123

平成30年8月25日　初版発行
令和6年11月15日　9版発行

発行者――山下直久
発　行――株式会社KADOKAWA
〒102-8177　東京都千代田区富士見2-13-3
電話 0570-002-301（ナビダイヤル）
印刷所――株式会社KADOKAWA
製本所――株式会社KADOKAWA
装幀者――田島照久



●お問い合わせ
https://www.kadokawa.co.jp/（「お問い合わせ」へお進みください）
※内容によっては、お答えできない場合があります。
※サポートは日本国内のみとさせていただきます。
※Japanese text only



ISBN978-4-04-107222-6　C0193

# 角川文庫発刊に際して

角川源義

第二次世界大戦の敗北は、軍事力の敗北であった以上に、私たちの若い文化力の敗退であった。私たちの文化が戦争に対して如何に無力であり、単なるあだ花に過ぎなかったかを、私たちは身を以て体験し痛感した。西洋近代文化の摂取にとって、明治以後八十年の歳月は決して短かすぎたとは言えない。にもかかわらず、近代文化の伝統を確立し、自由な批判と柔軟な良識に富む文化層として自らを形成することに私たちは失敗して来た。そしてこれは、各層への文化の普及滲透を任務とする出版人の責任でもあった。

一九四五年以来、私たちは再び振出しに戻り、第一歩から踏み出すことを余儀なくされた。これは大きな不幸ではあるが、反面、これまでの混沌・未熟・歪曲の中にあった我が国の文化に秩序と確たる基礎を齎らすためには絶好の機会でもある。角川書店は、このような祖国の文化的危機にあたり、微力をも顧みず再建の礎石たるべき抱負と決意とをもって出発したが、ここに創立以来の念願を果すべく角川文庫を発刊する。これまで刊行されたあらゆる全集叢書文庫類の長所と短所とを検討し、古今東西の不朽の典籍を、良心的編集のもとに、廉価に、そして書架にふさわしい美本として、多くのひとびとに提供しようとする。しかし私たちは徒らに百科全書的な知識のジレッタントを作ることを目的とせず、あくまで祖国の文化に秩序と再建への道を示し、この文庫を角川書店の栄ある事業として、今後永久に継続発展せしめ、学芸と教養との殿堂として大成せんことを期したい。多くの読書子の愛情ある忠言と支持とによって、この希望と抱負とを完遂せしめられんことを願う。

一九四九年五月三日

# COPY
## 猟奇犯罪捜査班・藤堂比奈子

内藤 了

**奇妙な「魔法円」を描く複数の遺体の謎**

鑑識官・三木と麗華の結婚式も束の間、比奈子らに事件の知らせが入った。心臓が刳《く》り抜かれた２遺体が八王子の廃ビルで見つかったのだ。一昨日も日本橋で同様の3遺体が発見され、現場には血痕で「魔法円」が描かれていた。12年前と30年前の未解決事件との類似を聞かされる比奈子。同じ犯人が再び活動しているのか？　そして保が身を隠すセンターでは少年・永久がある発見をしていた……。大人気警察小説シリーズ第９弾！

角川ホラー文庫

ISBN 978-4-04-106052-0